# प्रेमचंद की सर्वश्रेष्ठ कहानियाँ : भाग एक

## PREMCHAND BEST STORIES

इन्फो एज

# क्रम-सूची

# 1

# अन्धेर

नागपंचमी आई। साठे के जिन्दादिल नौजवानों ने रंग-बिरंगे जाँघिये बनवाये। अखाड़े में ढोल की मर्दाना सदायें गूँजने लगीं। आसपास के पहलवान इकट्ठे हुए और अखाड़े पर तम्बोलियों ने अपनी दुकानें सजायीं क्योंकि आज कुश्ती और दोस्ताना मुकाबले का दिन है। औरतों ने गोबर से अपने आँगन लीपे और गाती-बजाती कटोरों में दूध-चावल लिए नाग पूजने चलीं।

साठे और पाठे दो लगे हुए मौजे थे। दोनों गंगा के किनारे। खेती में ज्यादा मशक्कत नहीं करनी पड़ती थी इसीलिए आपस में फौजदारियाँ खूब होती थीं। आदिकाल से उनके बीच होड़ चली आती थी। साठेवालों को यह घमण्ड था कि उन्होंने पाठेवालों को कभी सिर न उठाने दिया। उसी तरह पाठेवाले अपने प्रतिद्वंद्वियों को नीचा दिखलाना ही जिन्दगी का सबसे बड़ा काम समझते थे। उनका इतिहास विजयों की कहानियों से भरा हुआ था। पाठे के चरवाहे यह गीत गाते हुए चलते थे:

साठेवाले कायर सगरे पाठेवाले हैं सरदार

और साठे के धोबी गाते:

साठेवाले साठ हाथ के जिनके हाथ सदा तरवार।
उन लोगन के जनम नसाये जिन पाठे मान लीन अवतार।।

गरज आपसी होड़ का यह जोश बच्चों में माँ दूध के साथ दाखिल होता था और उसके प्रदर्शन का सबसे अच्छा और ऐतिहासिक मौका यही नागपंचमी का दिन

था। इस दिन के लिए साल भर तैयारियाँ होती रहती थीं। आज उनमें मार्के की कुश्ती होने वाली थी। साठे को गोपाल पर नाज था, पाठे को बलदेव का गर्रा। दोनों सूरमा अपने-अपने फरीक की दुआएँ और आरजुएँ लिए हुए अखाड़े में उतरे। तमाशाइयों पर चुम्बक का-सा असर हुआ। मौजें के चौकीदारों ने लट्ठ और डण्डों का यह जमघट देखा और मर्दों की अंगारे की तरह लाल आँखें तो पिछले अनुभव के आधार पर बेपता हो गये। इधर अखाड़े में दाँव-पेंच होते रहे। बलदेव उलझता था, गोपाल पैंतरे बदलता था। उसे अपनी ताकत का जोम था, इसे अपने करतब का भरोसा। कुछ देर तक अखाड़े से ताल ठोंकने की आवाजें आती रहीं, तब यकायक बहुत-से आदमी खुशी के नारे मार-मार उछलने लगे, कपड़े और बर्तन और पैसे और बताशे लुटाये जाने लगे। किसी ने अपना पुराना साफा फेंका, किसी ने अपनी बोसीदा टोपी हवा में उड़ा दी साठे के मनचले जवान अखाड़े में पिल पड़े। और गोपाल को गोद में उठा लाये। बलदेव और उसके साथियों ने गोपाल को लहू की आँखों से देखा और दाँत पीसकर रह गये।

दस बजे रात का वक्त और सावन का महीना। आसमान पर काली घटाएँ छाई थीं। अंधेरे का यह हाल था कि जैसे रोशनी का अस्तित्व ही नहीं रहा। कभी-कभी बिजली चमकती थी मगर अँधेरे को और ज्यादा अंधेरा करने के लिए। मेंढकों की आवाजें जिन्दगी का पता देती थीं वर्ना और चारों तरफ मौत थी। खामोश, डरावने और गम्भीर साठे के झोंपड़े और मकान इस अंधेरे में बहुत गौर से देखने पर काली-काली भेड़ों की तरह नजर आते थे। न बच्चे रोते थे, न औरतें गाती थीं। पावित्रात्मा बुड्ढे राम नाम न जपते थे।

मगर आबादी से बहुत दूर कई पुरशोर नालों और ढाक के जंगलों से गुजरकर ज्वार और बाजरे के खेत थे और उनकी मेंड़ों पर साठे के किसान जगह-जगह मड़ैया डाले खेतों की रखवाली कर रहे थे। तले जमीन, ऊपर अंधेरा, मीलों तक सन्नाटा छाया हुआ। कहीं जंगली सुअरों के गोल, कहीं नीलगायों के रेवड़, चिलम के सिवा कोई साथी नहीं, आग के सिवा कोई मददगार नहीं। जरा खटका हुआ और चौंके पड़े। अंधेरा भय का दूसरा नाम है, जब मिट्टी का एक ढेर, एक ठूँठा पेड़ और घास का ढेर भी जानदार चीजें बन जाती हैं। अंधेरा उनमें जान डाल देता है। लेकिन यह

मजबूत हाथोंवाले, मजबूत जिगरवाले, मजबूत इरादे वाले किसान हैं कि यह सब सख्तियाँ। झेलते हैं ताकि अपने ज्यादा भाग्यशाली भाइयों के लिए भोग-विलास के सामान तैयार करें। इन्हीं रखवालों में आज का हीरो, साठे का गौरव गोपाल भी है जो अपनी मड़ैया में बैठा हुआ है और नींद को भगाने के लिए धीमें सुरों में यह गीत गा रहा है:
मैं तो तोसे नैना लगाय पछतायी रे

अचाकन उसे किसी के पाँव की आहट मालूम हुई। जैसे हिरन कुत्तों की आवाजों को कान लगाकर सुनता है उसी तरह गोपल ने भी कान लगाकर सुना। नींद की औंघाई दूर हो गई। लट्ठ कंधे पर रक्खा और मड़ैया से बाहर निकल आया। चारों तरफ कालिमा छाई हुई थी और हलकी-हलकी बूंदें पड़ रही थीं। वह बाहर निकला ही था कि उसके सर पर लाठी का भरपूर हाथ पड़ा। वह त्योराकर गिरा और रात भर वहीं बेसुध पड़ा रहा। मालूम नहीं उस पर कितनी चोटें पड़ीं। हमला करनेवालों ने तो अपनी समझ में उसका काम तमाम कर ड़ाला। लेकिन जिन्दगी बाकी थी। यह पाठे के गैरतमन्द लोग थे जिन्होंने अंधेरे की आड़ में अपनी हार का बदला लिया था।

गोपाल जाति का अहीर था, न पढ़ा न लिखा, बिलकुल अक्खड़। दिमागा रौशन ही नहीं हुआ तो शरीर का दीपक क्यों घुलता। पूरे छः फुट का कद, गठा हुआ बदन, ललकान कर गाता तो सुननेवाले मील भर पर बैठे हुए उसकी तानों का मजा लेते। गाने-बजाने का आशिक, होली के दिनों में महीने भर तक गाता, सावन में मल्हार और भजन तो रोज का शगल था। निड़र ऐसा कि भूत और पिशाच के अस्तित्व पर उसे विद्वानों जैसे संदेह थे। लेकिन जिस तरह शेर और चीते भी लाल लपटों से डरते हैं उसी तरह लाल पगड़ी से उसकी रूह असाधारण बात थी लेकिन उसका कुछ बस न था। सिपाही की वह डरावनी तस्वीर जो बचपन में उसके दिल पर खींची गई थी, पत्थर की लकीर बन गई थी। शरारतें गयीं, बचपन गया, मिठाई की भूख गई लेकिन सिपाही की तस्वीर अभी तक कायम थी। आज उसके दरवाजे पर लाल पगड़ीवालों की एक फौज जमा थी लेकिन गोपाल जख्मों से चूर, दर्द से बेचैन होने पर भी अपने मकान के अंधेरे कोने में छिपा हुआ बैठा था। नम्बरदार और

मुखिया, पटवारी और चौकीदार रोब खाये हुए ढंग से खड़े दारोगा की खुशामद कर रहे थे। कहीं अहीर की फरियाद सुनाई देती थी, कहीं मोदी रोना-धोना, कहीं तेली की चीख-पुकार, कहीं कमाई की आँखों से लहू जारी। कलवार खड़ा अपनी किस्मत को रो रहा था। फोहश और गन्दी बातों की गर्मबाजारी थी। दारोगा जी निहायत कारगुजार अफसर थे, गालियों में बात करते थे। सुबह को चारपाई से उठते ही गालियों का वजीफा पढ़ते थे। मेहतर ने आकर फरियाद की-हुजूर, अण्डे नहीं हैं, दारोगाजी हण्टर लेकर दौड़े औश्र उस गरीब का भुरकुस निकाल दिया। सारे गाँव में हलचल पड़ी हुई थी। कांसिटेबल और चौकीदार रास्तों पर यों अकड़ते चलते थे गोया अपनी ससुराल में आये हैं। जब गाँव के सारे आदमी आ गये तो वारदात हुई और इस कम्बख्त गोलाल ने रपट तक न की।

मुखिया साहब बेंत की तरह काँपते हुए बोले-हुजूर, अब माफी दी जाय।

दारोगाजी ने गाजबनाक निगाहों से उसकी तरफ देखकर कहा-यह इसकी शरारत है। दुनिया जानती है कि जुर्म को छुपाना जुर्म करने के बराबर है। मैं इस बदकाश को इसका मजा चखा दूँगा। वह अपनी ताकत के जोम में भूला हुआ है, और कोई बात नहीं। लातों के भूत बातों से नहीं मानते।

मुखिया साहब ने सिर झुकाकर कहा-हुजूर, अब माफी दी जाय।

दारोगाजी की त्योरियाँ चढ़ गयीं और झुंझलाकर बोले-अरे हजूर के बच्चे, कुछ सठिया तो नहीं गया है। अगर इसी तरह माफी देनी होती तो मुझे क्या कुत्ते ने काटा था कि यहाँ तक दौड़ा आता। न कोई मामला, न ममाले की बात, बस माफी की रट लगा रक्खी है। मुझे ज्यादा फुरसत नहीं है। नमाज पढ़ता हूँ, तब तक तुम अपना सलाह मशविरा कर लो और मुझे हँसी-खुशी रुखसत करो वर्ना गौसखाँ को जानते हो, उसका मारा पानी भी नही माँगता!

दारोगा तकवे व तहारत के बड़े पाबन्द थे पाँचों वक्त की नमाज पढ़ते और तीसों रोजे रखते, ईदों में धूमधाम से कुर्बानियाँ होतीं। इससे अच्छा आचरण किसी आदमी में और क्या हो सकता है!

मुखिया साहब दबे पाँव गुपचुप ढंग से गौरा के पास और बोले-यह दारोगा बड़ा काफिर है, पचास से नीचे तो बात ही नहीं करता। अब्बल दर्जे का थानेदार है। मैंने बहुत कहा, हुजूर, गरीब आदमी है, घर में कुछ सुभीता नहीं, मगर वह एक नहीं सुनता।

गौरा ने घूँघट में मुँह छिपाकर कहा-दादा, उनकी जान बच जाए, कोई तरह की आंच न आने पाए, रूपये-पैसे की कौन बात है, इसी दिन के लिए तो कमाया जाता है।

गोपाल खाट पर पड़ा सब बातें सुन रहा था। अब उससे न रहा गया। लकड़ी गाँठ ही पर टूटती है। जो गुनाह किया नहीं गया वह दबता है मगर कुचला नहीं जा सकता। वह जोश से उठ बैठा और बोला-पचास रुपये की कौन कहे, मैं पचास कौड़ियाँ भी न दूँगा। कोई गदर है, मैंने कसूर क्या किया है?

मुखिया का चेहरा फक हो गया। बड़प्पन के स्वर में बोले-धीरे बोलो, कहीं सुन ले तो गजब हो जाए।

लेकिन गोपाल बिफरा हुआ था, अकड़कर बोला-मैं एक कौड़ी भी न दूँगा। देखें कौन मेरे फाँसी लगा देता है।

गौरा ने बहलाने के स्वर में कहा-अच्छा, जब मैं तुमसे रूपये माँगूँतो मत देना। यह कहकर गौरा ने, जो इस वक्त लौड़ी के बजाय रानी बनी हुई थी, छप्पर के एक कोने में से रुपयों की एक पोटली निकाली और मुखिया के हाथ में रख दी। गोपाल दाँत पीसकर उठा, लेकिन मुखिया साहब फौरन से पहले सरक गये। दारोगा जी ने गोपाल की बातें सुन ली थीं और दुआ कर रहे थे कि ऐ खुदा, इस मरदूद के दिल को पलट। इतने में मुखिया ने बाहर आकर पचीस रूपये की पोटली दिखाई। पचीस रास्ते ही में गायब हो गये थे। दारोगा जी ने खुदा का शुक्र किया। दुआ सुनी गयी। रुपया जेब में रक्खा और रसद पहुँचाने वालों की भीड़ को रोते और बिलबिलाते छोड़कर हवा हो गये। मोदी का गला घुंट गया। कसाई के गले पर छुरी फिर गयी। तेली पिस गया। मुखिया साहब ने गोपाल की गर्दन पर एहसान रक्खा गोया रसद के दाम गिरह से दिए। गाँव में सुर्खरू हो गया, प्रतिष्ठा बढ़ गई। इधर गोपाल ने गौरा की खूब खबर ली। गाँव में रात भर यही चर्चा रही। गोपाल बहुत बचा और इसका सेहरा मुखिया के सिर था। बड़ी विपत्ति आई थी। वह टल गयी। पितरों ने, दीवान हरदौल ने, नीम तलेवाली देवी ने, तालाब के किनारे वाली सती ने, गोपाल

की रक्षा की। यह उन्हीं का प्रताप था। देवी की पूजा होनी जरूरी थी। सत्यनारायण की कथा भी लाजिमी हो गयी।

फिर सुबह हुई लेकिन गोपाल के दरवाजे पर आज लाल पगड़ियों के बजाय लाल साड़ियों का जमघट था। गौरा आज देवी की पूजा करने जाती थी और गाँव की औरतें उसका साथ देने आई थीं। उसका घर सोंधी-सोंधी मिट्टी की खुशबू से महक रहा था जो खस और गुलाब से कम मोहक न थी। औरतें सुहाने गीत गा रही थीं। बच्चे खुश हो-होकर दौड़ते थे। देवी के चबूतरे पर उसने मिटटी का हाथी चढ़ाया। सती की माँग में सेंदुर डाला। दीवान साहब को बताशे और हलुआ खिलाया। हनुमान जी को लड्डू से ज्यादा प्रेम है, उन्हें लड्डू चढ़ाये तब गाती बजाती घर को आयी और सत्यनारायण की कथा की तैयारियाँ होने लगीं । मालिन फूल के हार, केले की शाखें और बन्दनवारें लायीं। कुम्हार नये-नये दिये और हाँडियाँ दे गया। बारी हरे ढाक के पत्तल और दोने रख गया। कहार ने आकर मटकों में पानी भरा। बढ़ई ने आकर गोपाल और गौरा के लिए दो नयी-नयी पीढ़ियाँ बनायीं। नाइन ने आँगन लीपा और चौक बनायी। दरवाजे पर बन्दनवारें बँध गयीं। आँगन में केले की शाखें गड़ गयीं। पण्डित जी के लिए सिंहासन सज गया। आपस के कामों की व्यवस्था खुद-ब-खुद अपने निश्चित दायरे पर चलने लगी । यही व्यवस्था संस्कृति है जिसने देहात की जिन्दगी को आडम्बर की ओर से उदासीन बना रक्खा है । लेकिन अफसोस है कि अब ऊँच-नीच की बेमतलब और बेहूदा कैदों ने इन आपसी कर्तव्यों को सौहार्द्र सहयोग के पद से हटा कर उन पर अपमान और नीचता का दागालगा दिया है।

शाम हुई। पण्डित मोटेरामजी ने कन्धे पर झोली डाली, हाथ में शंख लिया और खड़ाऊँ पर खटपट करते गोपाल के घर आ पहुँचे। आँगन में टाट बिछा हुआ था। गाँव के प्रतिष्ठित लोग कथा सुनने के लिए आ बैठे। घण्टी बजी, शंख फुंका गया और कथा शुरू हुईं। गोपाल भी गाढ़े की चादर ओढ़े एक कोने में फूंका गया और कथा शुरू हुई। गोजाल भी गाढ़े की चादर ओढ़े एक कोने में दीवार के सहारे बैठा हुआ था। मुखिया, नम्बरदार और पटवारी ने मारे हमदर्दी के उससे कहा—सत्यनारायण क महिमा थी कि तुम पर कोई आँच न आई।

गोपाल ने अँगड़ाई लेकर कहा—सत्यनारायण की महिमा नहीं, यह अंधेर है।

# 2

# अनाथ लड़की

सेठ पुरुषोत्तमदास पूना की सरस्वती पाठशाला का मुआयना करने के बाद बाहर निकले तो एक लड़की ने दौड़कर उनका दामन पकड़ लिया। सेठ जी रुक गये और मुहब्बत से उसकी तरफ देखकर पूछा—क्या नाम है?

लड़की ने जवाब दिया—रोहिणी।

सेठ जी ने उसे गोद में उठा लिया और बोले—तुम्हें कुछ इनाम मिला?

लड़की ने उनकी तरफ बच्चों जैसी गंभीरता से देखकर कहा—तुम चले जाते हो, मुझे रोना आता है, मुझे भी साथ लेते चलो।

सेठजी ने हँसकर कहा—मुझे बड़ी दूर जाना है, तुम कैसे चालोगी?

रोहिणी ने प्यार से उनकी गर्दन में हाथ डाल दिये और बोली—जहाँ तुम जाओगे वहीं मैं भी चलूँगी। मैं तुम्हारी बेटी हूँगी।

मदरसे के अफसर ने आगे बढ़कर कहा—इसका बाप साल भर हुआ नही रहा। माँ कपड़े सीती है, बड़ी मुश्किल से गुजर होती है।

सेठ जी के स्वभाव में करुणा बहुत थी। यह सुनकर उनकी आँखें भर आयीं। उस भोली प्रार्थना में वह दर्द था जो पत्थर-से दिल को पिघला सकता है। बेकसी और यतीमी को इससे ज्यादा दर्दनाक ढंग से जाहिर कना नामुमकिन था।

उन्होंने सोचा—इस नन्हें-से दिल में न जाने क्या अरमान होंगे। और लड़कियाँ अपने खिलौने दिखाकर कहती होंगी, यह मेरे बाप ने दिया है। वह अपने बाप के साथ मदरसे आती होंगी, उसके साथ मेलों में जाती होंगी और उनकी दिलचस्पियों का जिक्र करती होंगी। यह सब बातें सुन-सुनकर इस भोली लड़की को भी ख्वाहिश होती होगी कि मेरे बाप होता। माँ की मुहब्बत में गहराई और आत्मिकता होती है जिसे बच्चे समझ नहीं सकते। बाप की मुहब्बत में खुशी और चाव होता है जिसे बच्चे खूब समझते हैं।

सेठ जी ने रोहिणी को प्यार से गले लगा लिया और बोले—अच्छा, मैं तुम्हें अपनी बेटी बनाऊँगा। लेकिन खूब जी लगाकर पढ़ना। अब छुट्टी का वक्त आ गया है, मेरे साथ आओ, तुम्हारे घर पहुँचा दूँ।

यह कहकर उन्होंने रोहिणी को अपनी मोटरकार में बिठा लिया। रोहिणी ने बड़े इत्मीनान और गर्व से अपनी सहेलियों की तरफ देखा। उसकी बड़ी-बड़ी आँखें खुशी से चमक रही थीं और चेहरा चाँदनी रात की तरह खिला हुआ था।

सेठ ने रोहिणी को बाजार की खूब सैर करायी और कुछ उसकी पसन्द से, कुछ अपनी पसन्द से बहुत-सी चीजें खरीदीं, यहाँ तक कि रोहिणी बातें करते-करते कुछ थक-सी गयी और खामोश हो गई। उसने इतनी चीजें देखीं और इतनी बातें सुनीं कि उसका जी भर गया। शाम होते-होते रोहिणी के घर पहुँचे और मोटरकार से उतरकर रोहिणी को अब कुछ आराम मिला। दरवाजा बन्द था। उसकी माँ किसी ग्राहक के घर कपड़े देने गयी थी। रोहिणी ने अपने तोहफों को उलटना-पलटना शुरू किया—खूबसूरत रबड़ के खिलौने, चीनी की गुड़िया जरा दबाने से चूँ-चूँ करने लगतीं और रोहिणी यह प्यारा संगीत सुनकर फूली न समाती थी। रेशमी कपड़े और रंग-बिरंगी साड़ियों की कई बण्डल थे लेकिन मखमली बूटे की गुलकारियों ने उसे खूब लुभाया था। उसे उन चीजों के पाने की जितनी खुशी थी, उससे ज्यादा उन्हें अपनी सहेलियों को दिखाने की बेचैनी थी। सुन्दरी के जूते अच्छे सही लेकिन उनमें ऐसे फूल कहाँ हैं। ऐसी गुड़िया उसने कभी देखी भी न होंगी। इन खयालों से उसके दिल में उमंग भर आयी और वह अपनी मोहिनी आवाज में एक गीत गाने

लगी। सेठ जी दरवाजे पर खड़े इन पवित्र दृश्य का हार्दिक आनन्द उठा रहे थे। इतने में रोहिणी की माँ रुक्मिणी कपड़ों की एक पोटली लिये हुए आती दिखायी दी। रोहिणी ने खुशी से पागल होकर एक छलाँग भरी और उसके पैरों से लिपट गयी। रुक्मिणी का चेहरा पीला था, आँखों में हसरत और बेकसी छिपी हुई थी, गुप्त चिंता का सजीव चित्र मालूम होती थी, जिसके लिए जिंदगी में कोई सहारा नहीं।

मगर रोहिणी को जब उसने गोद में उठाकर प्यार से चूमा मो जरा देर के लिए उसकी आँखों में उन्मीद और जिंदगी की झलक दिखायी दी। मुरझाया हुआ फूल खिल गया। बोली—आज तू इतनी देर तक कहाँ रही, मैं तुझे ढूँढ़ने पाठशाला गयी थी।

रोहिणी ने हुमककर कहा—मैं मोटरकार पर बैठकर बाजार गयी थी। वहाँ से बहुत अच्छी-अच्छी चीजें लायी हूँ। वह देखो कौन खड़ा है?

माँ ने सेठ जी की तरफ ताका और लजाकर सिर झुका लिया।

बरामदे में पहुँचते ही रोहिणी माँ की गोद से उतरकर सेठजी के पास गयी और अपनी माँ को यकीन दिलाने के लिए भोलेपन से बोली—क्यों, तुम मेरे बाप हो न?

सेठ जी ने उसे प्यार करके कहा—हाँ, तुम मेरी प्यारी बेटी हो।

रोहिणी ने उनसे मुंह की तरफ याचना-भरी आँखों से देखकर कहा—अब तुम रोज यहीं रहा करोगे?

सेठ जी ने उसके बाल सुलझाकर जवाब दिया—मैं यहाँ रहूँगा तो काम कौन करेगा? मैं कभी-कभी तुम्हें देखने आया करूँगा, लेकिन वहाँ से तुम्हारे लिए अच्छी-अच्छी चीजें भेजूँगा।

रोहिणी कुछ उदास-सी हो गयी। इतने में उसकी माँ ने मकान का दरवाजा खोला ओर बड़ी फुर्ती से मैले बिछावन और फटे हुए कपड़े समेट कर कोने में डाल दिये कि कहीं सेठ जी की निगाह उन पर न पड़ जाए। यह स्वाभिमान स्त्रियों की खास अपनी चीज है।

रुक्मिणी अब इस सोच में पड़ी थी कि मैं इनकी क्या खातिर-तवाजो करूँ। उसने सेठ जी का नाम सुना था, उसका पति हमेशा उनकी बड़ाई किया करता था। वह उनकी दया और उदारता की चर्चाएँ अनेकों बार सुन चुकी थी। वह उन्हें अपने मन का देवता समझा कतरी थी, उसे क्या उमीद थी कि कभी उसका घर भी उसके कदमों से रोशन होगा। लेकिन आज जब वह शुभ दिन संयोग से आया तो वह इस काबिल भी नहीं कि उन्हें बैठने के लिए एक मोढ़ा दे सके। घर में पान और इलायची भी नहीं। वह अपने आँसुओं को किसी तरह न रोक सकी।

आखिर जब अंधेरा हो गया और पास के ठाकुरद्वारे से घण्टों और नगाड़ों की आवाजें आने लगीं तो उन्होंने जरा ऊँची आवाज में कहा—बाईजी, अब मैं जाता हूँ। मुझे अभी यहाँ बहुत काम करना है। मेरी रोहिणी को कोई तकलीफ न हो। मुझे जब मौका मिलेगा, उसे देखने आऊँगा। उसके पालने-पोसने का काम मेरा है और मैं उसे बहुत खुशी से पूरा करूँगा। उसके लिए अब तुम कोई फिक्र मत करो। मैंने उसका वजीफा बाँध दिया है और यह उसकी पहली किस्त है।

यह कहकर उन्होंने अपना खूबसूरत बटुआ निकाला और रुक्मिणी के सामने रख दिया। गरीब औरत की आँखें में आँसू जारी थे। उसका जी बरबस चाहता था कि उसके पैरों को पकड़कर खूब रोये। आज बहुत दिनों के बाद एक सच्चे हमदर्द की आवाज उसके मन में आयी थी।

जब सेठ जी चले तो उसने दोनों हाथों से प्रणाम किया। उसके हृदय की गहराइयों से प्रार्थना निकली—आपने एक बेबस पर दया की है, ईश्वर आपको इसका बदला दे।

दूसरे दिन रोहिणी पाठशाला गई तो उसकी बाँकी सज-धज आँखों में खुबी जाती थी। उस्तानियों ने उसे बारी-बारी प्यार किया और उसकी सहेलियाँ उसकी एक-एक चीज को आश्चर्य से देखती और ललचाती थी। अच्छे कपड़ों से कुछ स्वाभिमान का अनुभव होता है। आज रोहिणी वह गरीब लड़की न रही जो दूसरों की तरफ विवश नेत्रों से देखा करती थी। आज उसकी एक-एक क्रिया से शैशवोचित गर्व और चंचलता टपकती थी और उसकी जबान एक दम के लिए भी न रुकती थी। कभी मोटर की तेजी का जिक्र था कभी बाजार की दिलचस्पियों का बयान, कभी अपनी गुड़ियों के कुशल-मंगल की चर्चा थी और कभी अपने बाप की मुहब्बत की

दास्तान। दिल था कि उमंगों से भरा हुआ था।

एक महीने बाद सेठ पुरुषोत्तमदास ने रोहिणी के लिए फिर तोहफे और रुपये रवाना किये। बेचारी विधवा को उनकी कृपा से जीविका की चिन्ता से छुट्टी मिली। वह भी रोहिणी के साथ पाठशाला आती और दोनों माँ-बेटियाँ एक ही दरजे के साथ-साथ पढ़तीं, लेकिन रोहिणी का नम्बर हमेशा माँ से अव्वल रहा सेठ जी जब पूना की तरफ से निकलते तो रोहिणी को देखने जरूर आते और उनका आगमन उसकी प्रसन्नता और मनोरंजन के लिए महीनों का सामान इकट्ठा कर देता।

इसी तरह कई साल गुजर गये और रोहिणी ने जवानी के सुहाने हरे-भरे मैदान में पैर रक्खा, जबकि बचपन की भोली-भाली अदाओं में एक खास मतलब और इरादों का दखल हो जाता है।

रोहिणी अब आन्तरिक और बाह्य सौन्दर्य में अपनी पाठशाला की नाक थी। हाव-भाव में आकर्षक गम्भीरता, बातों में गीत का-सा खिंचाव और गीत का-सा आत्मिक रस था। कपड़ों में रंगीन सादगी, आँखों में लाज-संकोच, विचारों में पवित्रता। जवानी थी मगर घमण्ड और बनावट और चंचलता से मुक्त। उसमें एक एकाग्रता थी ऊँचे इरादों से पैदा होती है। स्त्रियोचित उत्कर्ष की मंजिलें वह धीरे-धीरे तय करती चली जाती थी।

~

सेठ जी के बड़े बेटे नरोत्तमदास कई साल तक अमेरिका और जर्मनी की युनिवर्सिटियों की खाक छानने के बाद इंजीनियरिंग विभाग में कमाल हासिल करके वापस आए थे। अमेरिका के सबसे प्रतिष्ठित कालेज में उन्होंने सम्मान का पद प्राप्त किया था। अमेरिका के अखबार एक हिन्दोस्तानी नौजवान की इस शानदार कामयाबी पर चकित थे। उन्हीं का स्वागत करने के लिए बम्बई में एक बड़ा जलसा किया गया था। इस उत्सव में शरीक होने के लिए लोग दूर-दूर से आए थे। सरस्वती पाठशाला को भी निमंत्रण मिला और रोहिणी को सेठानी जी ने विशेष रूप से आमंत्रित किया। पाठशाला में हफ्तों तैयारियाँ हुई। रोहिणी को एक दम के लिए भी चैन न था। यह पहला मौका था कि उसने अपने लिए बहुत अच्छे-अच्छे कपड़े बनवाये। रंगों के चुनाव में वह मिठास थी, काट-छाँट में वह फबन जिससे

उसकी सुन्दरता चमक उठी। सेठानी कौशल्या देवी उसे लेने के लिए रेलवे स्टेशन पर मौजूद थीं। रोहिणी गाड़ी से उतरते ही उनके पैरों की तरफ झुकी लेकिन उन्होंने उसे छाती से लगा लिया और इस तरह प्यार किया कि जैसे वह उनकी बेटी है। वह उसे बार-बार देखती थीं और आँखों से गर्व और प्रेम टपक पड़ता था।

इस जलसे के लिए ठीक समुन्दर के किनारे एक हरे-भरे सुहाने मैदान में एक लम्बा-चौड़ा शामियाना लगाया गया था। एक तरफ आदमियों का समुद्र उमड़ा हुआ था दूसरी तरफ समुद्र की लहरें उमड़ रही थीं, गोया वह भी इस खुशी में शरीक थीं।

जब उपस्थित लोगों ने रोहिणी बाई के आने की खबर सुनी तो हजारों आदमी उसे देखने के लिए खड़े हो गए। यही तो वह लड़की है। जिसने अबकी शास्त्री की परीक्षा पास की है। जरा उसके दर्शन करने चाहिये। अब भी इस देश की स्त्रियों में ऐसे रतन मौजूद हैं। भोले-भाले देशप्रेमियों में इस तरह की बातें होने लगीं। शहर की कई प्रतिष्ठित महिलाओं ने आकर रोहिणी को गले लगाया और आपस में उसके सौन्दर्य और उसके कपड़ों की चर्चा होने लगी।

आखिर मिस्टर पुरुषोत्तमदास तशरीफ लाए। हालाँकि वह बड़ा शिष्ट और गम्भीर उत्सव था लेकिन उस वक्त दर्शन की उत्कंठा पागलपन की हद तक जा पहुँची थी। एक भगदड़-सी मच गई। कुर्सियों की कतारे गड़बड़ हो गईं। कोई कुर्सी पर खड़ा हुआ, कोई उसके हत्थों पर। कुछ मनचले लोगों ने शामियाने की रस्सियाँ पकड़ीं और उन पर जा लटके कई मिनट तक यही तूफान मचा रहा। कहीं कुर्सियां टूटीं, कहीं कुर्सियाँ उलटीं, कोई किसी के ऊपर गिरा, कोई नीचे। ज्यादा तेज लोगों में धौल-धप्पा होने लगा।

तब बीन की सुहानी आवाजें आने लगीं। रोहिणी ने अपनी मण्डली के साथ देशप्रेम में डूबा हुआ गीत शुरू किया। सारे उपस्थित लोग बिलकुल शान्त थे और उस समय वह सुरीला राग, उसकी कोमलता और स्वच्छता, उसकी प्रभावशाली मधुरता, उसकी उत्साह भरी वाणी दिलों पर वह नशा-सा पैदा कर रही थी जिससे प्रेम की लहरें उठती हैं, जो दिल से बुराइयों को मिटाता है और उससे जिन्दगी की हमेशा याद रहने वाली यादगारें पैदा हो जाती हैं। गीत बन्द होने पर तारीफ की एक आवाज न आई। वहीं ताने कानों में अब तक गूँज रही थीं।

गाने के बाद विभिन्न संस्थाओं की तरफ से अभिनन्दन पेश हुए और तब नरोत्तमदास लोगों को धन्यवाद देने के लिए खड़े हुए। लेकिन उनके भाषाण से लोगों को थोड़ी निराशा हुई। यों दोस्तो की मण्डली में उनकी वक्तृता के आवेग और प्रवाह की कोई सीमा न थी लेकिन सार्वजनिक सभा के सामने खड़े होते ही शब्द और विचार दोनों ही उनसे बेवफाई कर जाते थे। उन्होंने बड़ी-बड़ी मुश्किल से धन्यवाद के कुछ शब्द कहे और तब अपनी योग्यता की लज्जित स्वीकृति के साथ अपनी जगह पर आ बैठे। कितने ही लोग उनकी योग्यता पर ज्ञानियों की तरह सिर हिलाने लगे।

अब जलसा खत्म होने का वक्त आया। वह रेशमी हार जो सरस्वती पाठशाला की ओर से भेजा गया था, मेज पर रखा हुआ था। उसे हीरो के गले में कौन डाले? प्रेसिडेण्ट ने महिलाओं की पंक्ति की ओर नजर दौड़ाई। चुनने वाली आँख रोहिणी पर पड़ी और ठहर गई। उसकी छाती धड़कने लगी। लेकिन उत्सव के सभापति के आदेश का पालन आवश्यक था। वह सर झुकाये हुए मेज के पास आयी और काँपते हाथों से हार को उठा लिया। एक क्षण के लिए दोनों की आँखें मिलीं और रोहिणी ने नरोत्तमदास के गले में हार डाल दिया।

दूसरे दिन सरस्वती पाठशाला के मेहमान विदा हुए लेकिन कौशल्या देवी ने रोहिणी को न जाने दिया। बोली—अभी तुम्हें देखने से जी नहीं भरा, तुम्हें यहाँ एक हफ्ता रहना होगा। आखिर मैं भी तो तुम्हारी माँ हूँ। एक माँ से इतना प्यार और दूसरी माँ से इतना अलगाव!

रोहिणी कुछ जवाब न दे सकी।

यह सारा हफ्ता कौशल्या देवी ने उसकी विदाई की तैयारियों में खर्च किया। सातवें दिन उसे विदा करने के लिए स्टेशन तक आयीं। चलते वक्त उससे गले मिलीं और बहुत कोशिश करने पर भी आँसुओं को न रोक सकीं। नरोत्तमदास भी आये थे। उनका चेहरा उदास था। कौशल्या ने उनकी तरफ सहानुभूतिपूर्ण आँखों से देखकर कहा—मुझे यह तो ख्याल ही न रहा, रोहिणी क्या यहाँ से पूना तक अकेली जायेगी? क्या हर्ज है, तुम्हीं चले जाओ, शाम की गाड़ी से लौट आना।

नरोत्तमदास के चेहरे पर खुशी की लहर दौड़ गयी, जो इन शब्दों में न छिप सकी—अच्छा, मैं ही चला जाऊँगा। वह इस फिक्र में थे कि देखें बिदाई की बातचीत का मौका भी मिलता है या नहीं। अब वह खूब जी भरकर अपना दर्दे दिल सुनायेंगे और मुमकिन हुआ तो उस लाज-संकोच को, जो उदासीनता के परदे में छिपी हुई है, मिटा देंगे।

रुक्मिणी को अब रोहिणी की शादी की फिक्र पैदा हुई। पड़ोस की औरतों में इसकी चर्चा होने लगी थी। लड़की इतनी सयानी हो गयी है, अब क्या बुढ़ापे में ब्याह होगा? कई जगह से बात आयी, उनमें कुछ बड़े प्रतिष्ठित घराने थे। लेकिन जब रुक्मिणी उन पैमानों को सेठजी के पास भेजती तो वे यही जवाब देते कि मैं खुद फिक्र में हूँ। रुक्मिणी को उनकी यह टाल-मटोल बुरी मालूम होती थी।

रोहिणी को बम्बई से लौटे महीना भर हो चुका था। एक दिन वह पाठशाला से लौटी तो उसे अम्मा की चारपाई पर एक खत पड़ा हुआ मिला। रोहिणी पढ़ने लगी, लिखा था—बहन, जब से मैंने तुम्हारी लड़की को बम्बई में देखा है, मैं उस पर रीझ गई हूँ। अब उसके बगैर मुझे चैन नहीं है। क्या मेरा ऐसा भाग्य होगा कि वह मेरी बहू बन सके? मैं गरीब हूँ लेकिन मैंने सेठ जी को राजी कर लिया है। तुम भी मेरी यह विनती कबूल करो। मैं तुम्हारी लड़की को चाहे फूलों की सेज पर न सुला सकूँ, लेकिन इस घर का एक-एक आदमी उसे आँखों की पुतली बनाकर रखेगा। अब रहा लड़का। माँ के मुँह से लड़के का बखान कुछ अच्छा नहीं मालूम होता। लेकिन यह कह सकती हूँ कि परमात्मा ने यह जोड़ी अपनी हाथों बनायी है। सूरत में, स्वभाव में, विद्या में, हर दृष्टि से वह रोहिणी के योग्य है। तुम जैसे चाहे अपना इत्मीनान कर सकती हो। जवाब जल्द देना और ज्यादा क्या लिखूँ। नीचे थोड़े-से शब्दों में सेठजी ने उस पैगाम की सिफारिश की थी।

रोहिणी गालों पर हाथ रखकर सोचने लगी। नरोत्तमदास की तस्वीर उसकी आँखों के सामने आ खड़ी हुई। उनकी वह प्रेम की बातें, जिनका सिलसिला बम्बई से पूना तक नहीं टूटा था, कानों में गूंजने लगीं। उसने एक ठण्डी साँस ली और उदास होकर चारपाई पर लेट गई।

सरस्वती पाठशाला में एक बार फिर सजावट और सफाई के दृश्य दिखाई दे रहे हैं। आज रोहिणी की शादी का शुभ दिन। शाम का वक्त, बसन्त का सुहाना मौसम। पाठशाला के दारो-दीवार मुस्करा रहे हैं और हरा-भरा बगीचा फूला नहीं समाता।

चन्द्रमा अपनी बारात लेकर पूरब की तरफ से निकला। उसी वक्त मंगलाचरण का सुहाना राग उस रूपहली चाँदनी और हल्के-हल्के हवा के झोकों में लहरें मारने लगा। दूल्हा आया, उसे देखते ही लोग हैरत में आ गए। यह नरोत्तमदास थे।

दूल्हा मण्डप के नीचे गया। रोहिणी की माँ अपने को रोक न सकी, उसी वक्त जाकर सेठ जी के पैर पर गिर पड़ी। रोहिणी की आँखों से प्रेम और आन्दद के आँसू बहने लगे।

मण्डप के नीचे हवन-कुण्ड बना था। हवन शुरू हुआ, खुशबू की लपेटें हवा में उठीं और सारा मैदान महक गया। लोगों के दिलो-दिमाग में ताजगी की उमंग पैदा हुई।

फिर संस्कार की बारी आई। दूल्हा और दुल्हन ने आपस में हमदर्दी; जिम्मेदारी और वफादारी के पवित्र शब्द अपनी जबानों से कहे। विवाह की वह मुबारक जंजीर गले में पड़ी जिसमें वजन है, सख्ती है, पाबन्दियाँ हैं लेकिन वजन के साथ सुख और पाबन्दियों के साथ विश्वास है। दोनों दिलों में उस वक्त एक नयी, बलवान, आत्मिक शक्ति की अनुभूति हो रही थी।
जब शादी की रस्में खत्म हो गयीं तो नाच-गाने की मजलिस का दौर आया। मोहक गीत गूँजने लगे। सेठ जी थककर चूर हो गए थे। जरा दम लेने के लिए बागीचे में जाकर एक बेंच पर बैठ गये। ठण्डी-ठण्डी हवा आ रही आ रही थी। एक नशा-सा पैदा करने वाली शान्ति चारों तरफ छायी हुई थी। उसी वक्त रोहिणी उनके पास आयी और उनके पैरों से लिपट गयी। सेठ जी ने उसे उठाकर गले से लगा लिया और हँसकर बोले—क्यों, अब तो तुम मेरी अपनी बेटी हो गयीं?

# 3

# अनुभव

प्रियतम को एक वर्ष की सजा हो गयी। और अपराध केवल इतना था, कि तीन दिन पहले जेठ की तपती दोपहरी में उन्होंने राष्ट्र के कई सेवकों का शर्बत-पान से सत्कार किया था। मैं उस वक्त अदालत में खड़ी थी। कमरे के बाहर सारे नगर की राजनैतिक चेतना किसी बंदी पशु की भांति खड़ी चीत्कार कर रही थी। मेरे प्राणधन हथकड़ियों से जकड़े हुए लाये गए। चारों ओर सन्नाटा छा गया। मेरे भीतर हाहाकार मचा हुआ था, मानो प्राण पिघला जा रहा हो। आवेश की लहरें-सी उठ-उठकर समस्त शरीर को रोमांचित किये देती थीं। ओह इतना गर्व मुझे कभी नहीं हुआ था। वह अदालत, कुरसी पर बैठा हुआ अंग्रेज अफसर, लाल जरीदार पगड़ियाँ बाँधे हुए पुलिस के कर्मचारी सब मेरी आँखो में तुच्छ जान पड़ते थे। बार-बार जी में आता था, दौड़कर जीवन-धन के चरणों में लिपट जाऊँ और उसी दशा में प्राण त्याग दूँ। कितनी शान्त, अविचलित, तेज और स्वाभिमान से प्रदीप्त मूर्ति थी। ग्लानि, विषाद या शोक की छाया भी न थी। नहीं, उन ओठों पर एक स्फूर्ति से भरी हुई मनोहारिणी, ओजस्वी मुस्कान थी। इस अपराध के लिए एक वर्ष का कठिन कारावास ! वाह रे न्याय ! तेरी बलिहारी है ! मैं ऐसे हजार अपराध करने को तैयार थी। प्राणनाथ ने चलते समय एक बार मेरी ओर देखा, कुछ मुस्कराये, फिर उनकी मुद्रा कठोर हो गई। अदालत से लौटकर मैंने पाँच रुपये की मिठाई मँगवाई और स्वयंसेवकों को बुलाकर खिलाया। और संध्या समय मैं पहली बार कांग्रेस के जलसे में शरीक हुई शरीक ही नहीं हुई, मंच पर जाकर बोली, और सत्याग्रह की प्रतिज्ञा ले ली। मेरी आत्मा में इतनी शक्ति कहाँ से आ गई, नहीं कह सकती। सर्वस्व लुट जाने के बाद फिर किसकी शंका और किसका डर। विधाता का कठोर-से-कठोर आघात भी अब मेरा क्या अहित कर सकता था ?

दूसरे दिन मैंने दो तार दिए। एक पिताजी को, दूसरा ससुरजी को। ससुरजी पेंशन पाते थे। पिताजी जंगल के महकमे में अच्छे पद पर थे; पर सारा दिन गुजर गया, तार का जवाब नदारद ! दूसरे दिन भी कोई जवाब नहीं। तीसरे दिन दोनों महाशयों के पत्र आये। दोनों जामे से बाहर थे। ससुरजी ने लिखा आशा थी, तुम लोग बुढ़ापे में मेरा पालन करोगे। तुमने उस आशा पर पानी फेर दिया। क्या अब चाहती हो, मैं भिक्षा माँगूँ। मैं सरकार से पेंशन पाता हूँ। तुम्हें आश्रय देकर मैं अपनी पेंशन से हाथ नहीं धो सकता। पिताजी के शब्द इतने कठोर न थे, पर भाव लगभग ऐसा ही था। इसी साल उन्हें ग्रेड मिलनेवाला था। वह मुझे बुलायेंगे, तो सम्भव है, ग्रेड से वंचित होना पड़े। हाँ, वह मेरी सहायता मौखिक रूप से करने को तैयार थे। मैंने दोनों पत्र फाड़कर फेंक दिये और उन्हें कोई पत्र न लिखा। हा स्वार्थ ! तेरी माया कितनी प्रबल है ! अपना ही पिता, केवल स्वार्थ में बाधा पड़ने के भय से, लड़की की तरफ से इतना निर्दय हो जाय। अपना ससुर अपनी बहू की ओर से इतना उदासीन हो जाय ! मगर अभी मेरी उम्र ही क्या है ! अभी तो सारी दुनिया देखने को पड़ी है।

अब तक मैं अपने विषय में निश्चिन्त थी; लेकिन अब यह नई चिन्ता सवार हुई। इस निर्जन घर में, निराधार, निराश्रय कैसे रहूँगी। मगर जाऊँगी कहाँ ? अगर कोई मर्द होती, तो कांग्रेस के आश्रम में चली जाती, या कोई मजूरी कर लेती। मेरे पैरों में नारीत्व की बेड़ियाँ पड़ी हुई थीं। अपनी रक्षा की इतनी चिन्ता न थी, जितनी अपने नारीत्व की रक्षा की। अपनी जान की फिक्र न थी; पर नारीत्व की ओर किसी की आँख भी न उठनी चाहिए। किसी की आहट पाकर मैंने नीचे देखा। दो आदमी खड़े थे। जी में आया, पूछूँ तुम कौन हो। यहाँ क्यों खड़े हो ? मगर फिर खयाल आया, मुझे यह पूछने का क्या हक ? आम रास्ता है। जिसका जी चाहे खड़ा हो। पर मुझे खटका हो गया। उस शंका को किसी तरह दिल से न निकाल सकती थी। वह एक चिनगारी की भाँति हृदय के अन्दर समा गई थी। गरमी से देह फुँकी जाती थी; पर मैंने कमरे का द्वार भीतर से बन्द कर लिया। घर में एक बड़ा-सा चाकू था। उसे निकालकर सिरहाने रख लिया। वह शंका सामने बैठी घूरती हुई मालूम होती थी।

किसी ने पुकारा। मेरे रोयें खड़े हो गए। मैंने द्वार से कान लगाया। कोई मेरी कुण्डी खटखटा रहा था। कलेजा धक्-धक् करने लगा। वही दोनों बदमाश होंगे। क्यों कुण्डी खटखटा रहे हैं ? मुझसे क्या काम है ? मुझे झुँझलाहट आ गई। मैंने द्वार खोला और छज्जे पर खड़ी होकर जोर से बोली, क़ौन कुण्डी खड़खड़ा रहा

है ? आवाज सुनकर मेरी शंका शांत हो गई। कितना ढाढ़स हो गया ! यह बाबू ज्ञानचंद थे। मेरे पति के मित्रों में इनसे ज्यादा सज्जन दूसरा नहीं है। मैंने नीचे जाकर द्वार खोल दिया। देखा तो एक स्त्री भी थी। वह मिसेज़ ज्ञानचन्द थीं। यह मुझसे बड़ी थीं। पहले-पहल मेरे घर आई थीं। मैंने उनके चरण स्पर्श किए। हमारे वहाँ मित्रता मर्दों ही तक रहती है। औरतों तक नहीं जाने पाती। दोनों जने ऊपर आये ! ज्ञान बाबू एक स्कूल में मास्टर हैं। बड़े ही उदार, विद्वान, निष्कपट, पर आज मुझे मालूम हुआ कि उनकी पथ-प्रदर्शिका उनकी स्त्री हैं। वह दोहरे बदन की, प्रतिभाशाली महिला थीं। चेहरे पर ऐसा रोब था, मानो कोई रानी हों। सिर से पाँव तक गहनों से लदी हुईं। मुख सुन्दर न होने पर भी आकर्षक था। शायद मैं उन्हें कहीं और देखती; तो मुँह फेर लेती। गर्व की सजीव प्रतिमा थीं; वह बाहर जितनी कठोर, भीतर उतनी ही दयालु।

'घर कोई पत्र लिखा ?' यह प्रश्न उन्होंने कुछ हिचकते हुए किया।

मैंने कहा, 'हाँ, लिखा था।'

'कोई लेने आ रहा है ?'

'जी नहीं। न पिताजी अपने पास रखना चाहते हैं, न ससुरजी।'

'तो फिर ?'

'फिर क्या, अभी तो यहीं पड़ी हूँ।'

'तो मेरे घर क्यों नहीं चलतीं ? अकेले तो इस घर में मैं न रहने दूँगी।'

'खुफिया के दो आदमी इस वक्त भी डटे हुए हैं।'

'मैं पहले ही समझ गई थी, दोनों खुफिया के आदमी होंगे।'

ज्ञान बाबू ने पत्नी की ओर देखकर, मानो उसकी आज्ञा से कहा, 'तो मैं जाकर ताँगा लाऊँ ?'

देवीजी ने इस तरह देखा, मानो कह रही हों, क्या अभी तुम यहीं खड़े हो ? मास्टर साहब चुपके से द्‌वार की ओर चले। 'ठहरो' देवीजी बोलीं, 'कै ताँगे लाओगे ?'

'कै !' मास्टर साहब घबड़ा गये।

'हाँ कै ! एक ताँगे पर तीन सवारियाँ ही बैठेंगी। सन्दूक, बिछावन, बरतन-भाँडे क्या मेरे सिर पर जायेंगे ?'

'तो दो लेता आऊँगा।' मास्टर साहब डरते-डरते बोले।

'एक ताँगे में कितना सामान भर दोगे ?'

'तो तीन लेता आऊँ ?'

'अरे तो जाओगे भी। जरा-सी बात के लिए घंटा भर लगा दिया।'

मैं कुछ कहने न पाई थी, कि ज्ञान बाबू चल दिये। मैंने सकुचाते हुए कहा, 'बहन, तुम्हें मेरे जाने से कष्ट होगा और...'

देवीजी ने तीक्ष्ण स्वर में कहा, 'हाँ, होगा तो अवश्य। तुम दोनों जून में दो-तीन पाव भर आटा खाओगी, कमरे के एक कोने में अड्‌डा जमा लोगी, सिर में आने का तेल डालोगी। यह क्या थोड़ा कष्ट है !'

मैंने झेंपते हुए कहा, 'आप तो बना रही हैं।'

देवीजी ने सदय भाव से मेरा कंधा पकड़कर कहा, 'जब तुम्हारे बाबूजी लौट आवें; तो मुझे भी अपने घर मेहमान रख लेना। मेरा घाटा पूरा हो जायगा। अब तो राजी हुई। चलो असबाब बाँधो। खाट-वाट कल मँगवा लेंगे।'

मैंने ऐसी सदय, उदार, मीठी बातें करनेवाली स्त्री नहीं देखी। मैं उनकी छोटी बहन होती, तो भी शायद इससे अच्छी तरह न रखतीं। चिन्ता या क्रोध को तो जैसे उन्होंने जीत लिया हो। सदैव उनके मुख पर मधुर विनोद खेला करता था। कोई लड़का-बाला न था, पर मैंने उन्हें कभी दुखी नहीं देखा। ऊपर के काम के लिए लौंडा

रख लिया था। भीतर का सारा काम खुद करतीं। इतना कम खाकर और इतनी मेहनत करके वह कैसे इतनी हृष्ट-पुष्ट थीं, मैं नहीं कह सकती। विश्राम तो जैसे उनके भाग्य में ही नहीं लिखा था। जेठ की दुपहरी में भी न लेटती थीं ! हाँ, मुझे कुछ न करने देतीं, उस पर जब देखो कुछ खिलाने को सिर पर सवार। मुझे यहाँ बस यही एक तकलीफ थी। मगर आठ ही दिन गुजरे थे कि एक दिन मैंने उन्हीं दोनों खुफियों को नीचे बैठा देखा। मेरा माथा ठनका। यह अभागे यहाँ भी मेरे पीछे पड़े हैं। मैंने तुरन्त बहनजी से कहा, वे दोनों बदमाश यहाँ भी मँडरा रहे हैं। उन्होंने हिकारत से कहा, कुत्ते हैं। फिरने दो। मैं चिन्तित होकर बोली, क़ोई स्वांग न खड़ा करें। उसी बेपरवाही से बोलीं, 'भूँकने के सिवा और क्या कर सकते हैं ?'
मैंने कहा, 'क़ाट भी तो सकते हैं।'

हँसकर बोलीं, 'इसके डर से कोई भाग तो नहीं जाता न !'

मगर मेरी दाल में मक्खी पड़ गयी। बार-बार छज्जे पर जाकर उन्हें टहलते देख आती। यह सब मेरे पीछे पड़े हुए हैं ! आखिर मैं नौकरशाही का क्या बिगाड़ सकती हूँ। मेरी सामर्थ्य ही क्या है ? क्या यह सब इस तरह से मुझे यहाँ से भगाने पर तुले हैं। इससे उन्हें क्या मिलेगा ? यही तो कि मैं मारी-मारी फिरूँ ! कितनी नीची तबियत है ? एक हफ्ता और गुजर गया। खुफिया ने पिंड न छोड़ा। मेरे प्राण सूखते जाते थे। ऐसी दशा में यहाँ रहना मुझे अनुचित मालूम होता था; पर देवीजी से कुछ कह न सकती थी। एक दिन शाम को ज्ञान बाबू आये, तो घबड़ाये हुए थे। मैं बरामदे में थी। परवल छील रही थी। ज्ञान बाबू ने कमरे में जाकर देवीजी को इशारे से बुलाया। देवीजी ने बैठे-बैठे कहा, पहले कपड़े-वपड़े उतारो, मुँह-हाथ धोओ, कुछ खाओ, फिर जो कहना हो, कह देना। ज्ञान बाबू को धैर्य कहाँ ? पेट में बात की गन्ध तक न पचती थी। आग्रह से बुलाया, 'तुमसे उठा नहीं जाता। मेरी जान आफत में है।'

देवी ने बैठे-बैठे कहा, 'तो कहते क्यों नहीं, क्या कहना है ?'

'यहाँ आओ।'

'क्या यहाँ कोई और बैठा हुआ है ?'

मैं वहाँ से चली। बहन ने मेरा हाथ पकड़ लिया। मैं जोर करने पर भी न छुड़ा सकी। ज्ञान बाबू मेरे सामने न कहना चाहते थे; पर इतना सब्र भी न था कि जरा देर रुक जाते। बोले, 'प्रिन्सिपल से मेरी लड़ाई हो गयी।'

देवी ने बनावटी गम्भीरता से कहा, 'सच ! तुमने उसे खूब पीटा न ?'

'तुम्हें दिल्लगी सूझती है ! यहाँ नौकरी जा रही है।'

'जब यह डर था, तो लड़े क्यों ?'

'मैं थोड़े ही लड़ा। उसी ने मुझे बुलाकर डाँटा।'

'बेकसूर ?'

'अब तुमसे क्या कहूँ।'

'फिर वही पर्दा। मैं कह चुकी, यह मेरी बहन है। मैं इससे कोई पर्दा नहीं रखना चाहती।'

'और जो इन्हीं के बारे में कोई बात हो, तो ?'

देवीजी ने जैसे पहेली बूझकर कहा, 'अच्छा समझ गयी। कुछ खुफियों का झगड़ा होगा। पुलिस ने तुम्हारे प्रिन्सिपल से शिकायत की होगी।

ज्ञान बाबू ने इतनी आसानी से अपनी पहेली का बूझा जाना स्वीकार न किया। बोले, 'पुलिस ने प्रिन्सिपल से नहीं, हाकिम जिला से कहा। उसने प्रिन्सिपल को बुलाकर मुझसे जवाब-तलब करने का हुक्म दिया।'

देवी ने अन्दाज से कहा, 'समझ गयी। प्रिन्सिपल ने तुमसे कहा, होगा, कि उस स्त्री को घर से निकाल दो।'

'हाँ, यही, समझ लो !'

'तो तुमने क्या जवाब दिया ?'

'अभी कोई जवाब नहीं दिया। वहाँ खड़े-खड़े क्या कहता !'

देवीजी ने उन्हें आड़े हाथों लिया 'ज़िस प्रश्न का एक ही जवाब हो, उसमें सोच-विचार कैसा ?'

ज्ञान बाबू सिटपिटाकर बोले, 'लेकिन कुछ सोचना तो जरूरी था।'

देवीजी की त्योरियाँ बदल गयीं। आज मैंने पहली बार उनका यह रूप देखा ! बोलीं, 'तुम उस प्रिन्सिपल से जाकर कह दो, मैं उसे किसी तरह नहीं छोड़ सकता और न माने, तो इस्तीफा दे दो। अभी जाओ। लौटकर हाथ-मुँह धोना।'

मैंने रोकर कहा, 'बहन मेरे लिए...'

देवी ने डाँट बतायी, 'तू चुप रह, नहीं कान पकड़ लूँगी। तू क्यों बीच में कूदती है ! रहेंगे, तो साथ रहेंगे। मरेंगे तो साथ मरेंगे। इस मर्दुए को मैं क्या कहूँ ? आधी उम्र बीत गयी और बात करना न आया। (पति से) खड़े सोच क्या रहे हो, तुम्हें डर लगता हो; तो मैं जाकर कह आऊँ ?'

ज्ञान बाबू ने खिसियाकर कहा, 'तो कल कह दूँगा, इस वक्त कहाँ होगा, कौन जाने।'

रात-भर मुझे नींद नहीं आयी। बाप और ससुर जिसका मुँह नहीं देखना चाहते, उसका यह आदर ! राह की भिखारिन का यह सम्मान। देवी, तू सचमुच देवी है।

दूसरे दिन ज्ञान बाबू चले तो देवी ने फिर कहा, 'फ़ैसला करके घर आना। यह न हो कि फिर सोचकर जवाब देने की जरूरत पड़े।

ज्ञान बाबू के चले जाने के बाद मैंने कहा, 'तुम मेरे साथ बड़ा अन्याय कर रही हो बहनजी। मैं यह कभी नहीं देख सकती कि मेरे कारण तुम्हें यह विपत्ति झेलनी पड़े।'

देवी ने हास्य-भाव से कहा, 'क़ह चुकी या कुछ और कहना है।'

'कह चुकी; मगर अभी बहुत कुछ कहूँगी !'

'अच्छा बता तेरे प्रियतम क्यों जेल गये ? इसीलिए तो कि स्वयंसेवकों का सत्कार किया था। स्वयंसेवक कौन हैं ? यह हमारी सेना के वीर हैं, जो हमारी लड़ाइयाँ लड़ रहे हैं। स्वयंसेवकों के भी तो बाल-बच्चे होंगे, माँ-बाप होंगे, वह भी तो कोई कारोबार करते होंगे; पर देश की लड़ाई लड़ने के लिए उन्होंने सब कुछ त्याग दिया है। ऐसे वीरों का सत्कार करने के लिए जो आदमी जेल में डाल दिया जाय, उसकी स्त्री के दर्शनों से भी आत्मा पवित्र होती है। मैं तुझ पर एहसान नहीं कर रही हूँ, तू मुझ पर एहसान कर रही है।'

मैं इस दया-सागर में डुबकियाँ खाने लगी। बोलती क्या। शाम को जब ज्ञान बाबू लौटे, तो उनके मुख पर विजय का आनन्द था।

देवी ने पूछा, 'हार कि जीत ?'

ज्ञान बाबू ने अकड़कर कहा, 'जीत ! मैंने इस्तीफा दे दिया तो चक्कर में आ गया। उसी वक्त हाकिम जिला के पास गया। वहाँ न जाने मोटर पर बैठकर दोनों में क्या बातें हुईं। लौटकर मुझसे बोला आप पोलिटिकल जलसों में तो नहीं जाते।'

मैंने कहा, 'क़भी भूलकर भी नहीं।'

'कांग्रेस के मेम्बर तो नहीं हैं ?'

मैंने कहा, मेम्बर क्या, मेम्बर का दोस्त भी नहीं।

'कांग्रेस-फंड में चन्दा तो नहीं देते ?'

मैंने कहा, 'कानी कौड़ी भी कभी नहीं देता।'

'तो हमें आपसे कुछ नहीं कहना है। मैं आपका इस्तीफा वापस करता हूँ।'

देवीजी ने मुझे गले लगा लिया।

# 4

# अपनी करनी

आह, अभागा मैं! मेरे कर्मो के फल ने आज यह दिन दिखाये कि अपमान भी मेरे ऊपर हंसता है। और यह सब मैंने अपने हाथों किया। शैतान के सिर इलजाम क्यों दूं, किस्मत को खरी-खोटी क्यों सुनाऊँ, होनी का क्यों रोऊं? जों कुछ किया मैंने जानते और बूझते हुए किया। अभी एक साल गुजरा जब मैं भाग्यशाली था, प्रतिष्ठित था और समृद्धि मेरी चेरी थी। दुनिया की नेमतें मेरे सामने हाथ बांधे खड़ी थीं लेकिन आज बदनामी और कंगाली और शर्मिंदगी मेरी दुर्दशा पर आंसू बहाती है। मैं ऊंचे खानदान का, बहुत पढ़ा-लिखा आदमी था, फारसी का मुल्ला, संस्कृत का पंण्डित, अंगेजी का ग्रेजुएट। अपने मुंह मियां मिट्ठू क्यों बनूं लेकिन रुप भी मुझको मिला था, इतना कि दूसरे मुझसे ईर्ष्या कर सकते थे। ग़रज एक इंसान को खुशी के साथ जिंदगी बसर करने के लिए जितनी अच्छी चीजों की जरुरत हो सकती है वह सब मुझे हासिल थीं। सेहत का यह हाल कि मुझे कभी सरदर्द की भी शिकायत नहीं हुई। फ़िटन की सैर, दरिया की दिलफ़रेबियां, पहाड़ के सुंदर दृश्य –उन खुशियों का जिक्र ही तकलीफ़देह है। क्या मजे की जिंदगी थी!

आह, यहॉं तक तो अपना दर्देदिल सुना सकता हूँ लेकिन इसके आगे फिर होंठों पर खामोशी की मुहर लगी हुई है। एक सती-साध्वी, प्रतिप्राणा स्त्री और दो गुलाब के फूल-से बच्चे इंसान के लिए जिन खुशियों, आरजुओं, हौसलों और दिलफ़रेबियों का खजाना हो सकते हैं वह सब मुझे प्राप्त था। मैं इस योग्य नहीं कि उस पतित्र स्त्री का नाम जबान पर लाऊँ। मैं इस योग्य नहीं कि अपने को उन लड़कों का बाप कह सकूं। मगर नसीब का कुछ ऐसा खेल था कि मैंने उन बिहिश्ती नेमतों की कद्र न की। जिस औरत ने मेरे हुक्म और अपनी इच्छा में कभी कोई भेद नहीं किया, जो मेरी सारी बुराइयों के बावजूद कभी शिकायत का एक हर्फ़ ज़बान पर

नहीं लायी, जिसका गुस्सा कभी आंखो से आगे नहीं बढ़ने पाया-गुस्सा क्या था कुआर की बरखा थी, दो-चार हलकी-हलकी बूंदें पड़ी और फिर आसमान साफ़ हो गया—अपनी दीवानगी के नशे में मैंने उस देवी की कद्र न की। मैने उसे जलाया, रुलाया, तड़पाया। मैंने उसके साथ दग़ा की। आह! जब मैं दो-दो बजे रात को घर लौटता था तो मुझे कैसे-कैसे बहाने सूझते थे, नित नये हीले गढ़ता था, शायद विद्‌यार्थी जीवन में जब बैण्ड के मजे से मदरसे जाने की इजाज़त न देते थे, उस वक्त भी बुद्‌धि इतनी प्रखर न थी। और क्या उस क्षमा की देवी को मेरी बातों पर यक़ीन आता था? वह भोली थी मगर ऐसी नादान न थी। मेरी खुमार-भरी आंखे और मेरे उथले भाव और मेरे झूठे प्रेम-प्रदर्शन का रहस्य क्या उससे छिपा रह सकता था? लेकिन उसकी रग-रग में शराफत भरी हुई थी, कोई कमीना ख़याल उसकी जबान पर नहीं आ सकता था। वह उन बातों का जिक्र करके या अपने संदेहों को खुले आम दिखलाकर हमारे पवित्र संबंध में खिचाव या बदमज़गी पैदा करना बहुत अनुचित समझती थी। मुझे उसके विचार, उसके माथे पर लिखे मालूम होते थे। उन बदमज़गियों के मुकाबले में उसे जलना और रोना ज्यादा पसंद था, शायद वह समझती थी कि मेरा नशा खुद-ब-खुद उतर जाएगा। काश, इस शराफत के बदले उसके स्वभाव में कुछ ओछापन और अनुदारता भी होती। काश, वह अपने अधिकारों को अपने हाथ में रखना जानती। काश, वह इतनी सीधी न होती। काश, अव अपने मन के भावों को छिपाने में इतनी कुशल न होती। काश, वह इतनी मक्कार न होती। लेकिन मेरी मक्कारी और उसकी मक्कारी में कितना अंतर था, मेरी मक्कारी हरामकारी थी, उसकी मक्कारी आत्मबलिदानी।

एक रोज मैं अपने काम से फुसरत पाकर शाम के वक्त मनोरंजन के लिए आनंदवाटिका मे पहुँचा और संगमरमर के हौज पर बैठकर मछलियों का तमाशा देखने लगा। एकाएक निगाह ऊपर उठी तो मैंने एक औरत का बेले की झाड़ियों में फूल चुनते देखा। उसके कपड़े मैले थे और जवानी की ताजगी और गर्व को छोड़कर उसके चेहरे में कोई ऐसी खास बात न थीं उसने मेरी तरफ आंखे उठायीं और फिर फूल चुनने में लग गयी गोया उसने कुछ देखा ही नहीं। उसके इस अंदाज ने, चाहे वह उसकी सरलता ही क्यों न रही हो, मेरी वासना को और भी उद्‌दीप्त कर दिया। मेरे लिए यह एक नयी बात थी कि कोई औरत इस तरह देखे कि जैसे उसने नहीं देखा। मैं उठा और धीरे-धीरे, कभी जमीन और कभी आसमान की तरफ ताकते हुए बेले की झाड़ियों के पास जाकर खुद भी फूल चुनने लगा। इस ढिठाई का नतीजा यह हुआ कि वह मालिन की लड़की वहां से तेजी के साथ बाग के दूसरे हिस्से में चली गयी।

उस दिन से मालूम नहीं वह कौन-सा आकर्षण था जो मुझे रोज शाम के वक्त आनंदवाटिका की तरफ खींच ले जाता। उसे मुहब्बत हरगिज नहीं कह सकते। अगर मुझे उस वक्त भगवान् न करें, उस लड़की के बारे में कोई, शोक-समाचार मिलता तो शायद मेरी आंखों से आंसू भी न निकले, जोगिया धारण करने की तो चर्चा ही व्यर्थ है। मैं रोज जाता और नये-नये रुप धरकर जाता लेकिन जिस प्रकृति ने मुझे अच्छा रुप-रंग दिया था उसी ने मुझे वाचालता से वंचित भी कर रखा था। मैं रोज जाता और रोज लौट जाता, प्रेम की मंजिल में एक क़दम भी आगे न बढ़ पाता था। हां, इतना अलबत्ता हो गया कि उसे वह पहली-सी झिझक न रही।

आखिर इस शांतिपूर्ण नीति को सफल बनाने न होते देख मैंने एक नयी युक्ति सोची। एक रोज मैं अपने साथ अपने शैतान बुलडाग टामी को भी लेता गया। जब शाम हो गयी और वह मेरे धैर्य का नाश करने वाली फूलों से आंचल भरकर अपने घर की ओर चली तो मैंने अपने बुलडाग को धीरे से इशारा कर दिया। बुलडाग उसकी तरफ़ बाज की तरफ झपटा, फूलमती ने एक चीख मारी, दो-चार कदम दौड़ी और जमीन पर गिर पड़ी। अब मैं छड़ी हिलाता, बुलडाग की तरफ गुस्से-भरी आंखों से देखता और हांय-हांय चिल्लाता हुआ दौड़ा और उसे जोर से दो-तीन डंडे लगाये। फिर मैंने बिखरे हुए फूलों को समेटा, सहमी हुई औरत का हाथ पकड़कर बिठा दिया और बहुत लज्जित और दुखी भाव से बोला—यह कितना बड़ा बदमाश है, अब इसे अपने साथ कभी नहीं लाऊंगा। तुम्हें इसने काट तो नहीं लिया?

फूलमती ने चादर से सर को ढ़ांकते हुए कहा—तुम न आ जाते तो वह मुझे नोच डालता। मेरे तो जैसे मन-मन-भर में पैर हो गये थे। मेरा कलेजा तो अभी तक धड़क रहा है।

यह तीर लक्ष्य पर बैठा, खामोशी की मुहर टूट गयी, बातचीत का सिलसिला क़ायम हुआ। बांध में एक दरार हो जाने की देर थी, फिर तो मन की उमंगो ने खुद-ब-खुद काम करना शुरु किया। मैने जैसे-जैसे जाल फैलाये, जैसे-जैसे स्वांग रचे, वह रंगीन तबियत के लोग खूब जानते हैं। और यह सब क्यों? मुहब्बत से नहीं, सिर्फ जरा देर दिल को खुश करने के लिए, सिर्फ उसके भरे-पूरे शरीर और भोलेपन पर रीझकर। यों मैं बहुत नीच प्रकृति का आदमी नहीं हूँ। रूप-रंग में फूलमती का इंदु से मुकाबला न था। वह सुंदरता के सांचे में ढली हुई थी। कवियों ने सौंदर्य की जो कसौटियां बनायी हैं वह सब वहां दिखायी देती थीं लेकिन पता नहीं क्यों मैंने फूलमती की धंसी हुई आंखों और फूले हुए गालों और मोटे-मोटे होठों की तरफ अपने दिल का ज्यादा खिंचाव देखा। आना-जाना बढ़ा और महीना-भर भी गुजरने न पाया कि मैं उसकी मुहब्बत के जाल में पूरी तरह फंस गया। मुझे अब घर की सादा जिंदगी में

कोई आनंद न आता था। लेकिन दिल ज्यों-ज्यों घर से उचटता जाता था त्यों-त्यों मैं पत्नी के प्रति प्रेम का प्रदर्शन और भी अधिक करता था। मैं उसकी फ़रमाइशों का इंतजार करता रहता और कभी उसका दिल दुखानेवाली कोई बात मेरी जबान पर न आती। शायद मैं अपनी आंतरिक उदासीनता को शिष्टाचार के पर्दे के पीछे छिपाना चाहता था।

धीरे-धीरे दिल की यह कैफ़ियत भी बदल गयी और बीवी की तरफ से उदासीनता दिखायी देने लगी। घर में कपड़े नहीं है लेकिन मुझसे इतना न होता कि पूछ लूं। सच यह है कि मुझे अब उसकी खातिरदारी करते हुए एक डर-सा मालूम होता था कि कहीं उसकीं खामोशी की दीवार टूट न जाय और उसके मन के भाव जबान पर न आ जायं। यहां तक कि मैंने गिरस्ती की जरुरतों की तरफ से भी आंखे बंद कर लीं। अब मेरा दिल और जान और रुपया-पैसा सब फूलमती के लिए था। मैं खुद कभी सुनार की दुकान पर न गया था लेकिन आजकल कोई मुझे रात गए एक मशहूर सुनार के मकान पर बैठा हुआ देख सकता था। बजाज की दुकान में भी मुझे रुचि हो गयी।

एक रोज शाम के वक्त रोज की तरह मैं आनंदवाटिका में सैर कर रहा था और फूलमती सोहलों सिंगार किए, मेरी सुनहरी-रुपहली भेंटो से लदी हुई, एक रेशमी साड़ी पहने बाग की क्यारियों में फूल तोड़ रही थी, बल्कि यों कहो कि अपनी चुटकिंयो मे मेरे दिल को मसल रही थी। उसकी छोटी-छोटी आंखे उस वक्त नशे के हुस्न में फैल गयी ,थीं और उनमें शोखी और मुस्कराहट की झलक नज़र आती थी।

अचानक महाराजा साहब भी अपने कुछ दोस्तों के साथ मोटर पर सवार आ पहुँचे। मैं उन्हें देखते ही अगवानी के लिए दौड़ा और आदाब बजा लाया। बेचारी फूलमती महाराजा साहब को पहचानती थी लेकिन उसे एक घने कुंज के अलावा और कोई छिपने की जगह न मिल सकी। महाराजा साहब चले तो हौज की तरफ़ लेकिन मेरा दुर्भाग्य उन्हें क्यारी पर ले चला जिधर फूलमती छिपी हुई थर-थर कांप रही थी। महाराजा साहब ने उसकी तरफ़ आश्चर्य से देखा और बोले—यह कौन औरत है? सब लोग मेरी ओर प्रश्न-भरी आंखों से देखने लगे और मुझे भी उस वक्त यही ठीक मालूम हुआ कि इसका जवाब मैं ही दूं वर्ना फूलमती न जाने क्या आफत ढ़ा दे।

लापरवाही के अंदाज से बोला—इसी बाग के माली की लड़की है, यहां फूल तोड़ने आयी होगी।

फूलमती लज्जा और भय के मारे जमीन में धंसी जाती थी। महाराजा साहब ने उसे सर से पांव तक गौर से देखा और तब संदेहशील भाव से मेरी तरफ देखकर बोले—यह माली की लड़की है?

मैं इसका क्या जवाब देता। इसी बीच कम्बख्त दुर्ज़न माली भी अपनी फटी हुई पाग संभालता, हाथ मे कुदाल लिए हुए दौड़ता हुआ आया और सर को घुटनों से मिलाकर महाराज को प्रणाम किया महाराजा ने जरा तेज लहजे में पूछा—यह तेरी लड़की हैं?

माली के होश उड़ गए, कांपता हुआ बोला--हुजूर।

महाराज—तेरी तनख्वाह क्या है?

दुर्जन—हुजूर, पांच रुपये।

महाराज—यह लड़की कुंवारी है या ब्याही?

दुर्जन—हुजूर, अभी कुंवारी है

महाराज ने गुस्से में कहा—या तो तू चोरी करता है या डाका मारता है वर्ना यह कभी नहीं हो सकता कि तेरी लड़की अमीरजादी बनकर रह सके। मुझे इसी वक्त इसका जवाब देना होगा वर्ना मैं तुझे पुलिस के सुपुर्द कर दूँगा। ऐसे चाल-चलन के आदमी को मैं अपने यहां नहीं रख सकता।

माली की तो घिग्घी बंध गयी और मेरी यह हालत थी कि काटो तो बदन में लहू नहीं। दुनिया अंधेरी मालूम होती थी। मैं समझ गया कि आज मेरी शामत सर पर सवार है। वह मुझे जड़ से उखाड़कर दम लेगी। महाराजा साहब ने माली को जोर से डांटकर पूछा—तू खामोश क्यों है, बोलता क्यों नहीं?

दुर्जन फूट-फटकर रोने लगा। जब ज़रा आवाज सुधरी तो बोला—हुजूर, बाप-दादे से सरकार का नमक खाता हूँ, अब मेरे बुढ़ापे पर दया कीजिए, यह सब मेरे फूटे नसीबों का फेर है धर्मावतार। इस छोकरी ने मेरी नाक कटा दी, कुल का नाम मिटा दिया। अब मैं कहीं मुंह दिखाने लायक नहीं हूँ, इसको सब तरह से समझा-बुझाकर हार गए हुजूर, लेकिन मेरी बात सुनती ही नहीं तो क्या करूं। हुजूर माई-बाप हैं, आपसे क्या पर्दा करूं, उसे अब अमीरों के साथ रहना अच्छा लगता है और आजकल के रईसों और अमीरों को क्या कहूँ, दीनबंधु सब जानते हैं।

महाराजा साहब ने जरा देर गौर करके पूछा—क्या उसका किसी सरकारी नौकर से संबंध है?

दुर्जन ने सर झुकाकर कहा—हुजूर।

महाराज साहब—वह कौन आदमी है, तुम्हे उसे बतलाना होगा।

दुर्जन—महाराज जब पूछेंगे बता दूंगा, सांच को आंच क्या।

मैंने तो समझा था कि इसी वक्त सारा पर्दाफास हुआ जाता है लेकिन महाराजा साहब ने अपने दरबार के किसी मुलाजिम की इज्जत को इस तरह मिट्टी में मिलाना ठीक नहीं समझा। वे वहां से टहलते हुए मोटर पर बैठकर महल की तरफ चले।

इस मनहूस वाक़ये के एक हफ्ते बाद एक रोज मैं दरबार से लौटा तो मुझे अपने घर में से एक बूढ़ी औरत बाहर निकलती हुई दिखाई दी। उसे देखकर मैं ठिठका। उसे चेहरे पर बनावटी भोलापन था जो कुटनियों के चेहरे की खास बात है। मैंने उसे डांटकर पूछा-तू कौन है, यहां क्यों आयी है?

बुढ़िया ने दोनों हाथ उठाकर मेरी बलाये लीं और बोली—बेटा, नाराज न हो, गरीब भिखारी हूँ, मालिकिन का सुहाग भरपुर रहे, उसे जैसा सुनती थी वैसा ही पाया। यह कह कर उसने जल्दी से क़दम उठाए और बाहर चली गई। मेरे गुस्से का पारा चढ़ा मैंने घर जाकर पूछा—यह कौन औरत थी?

मेरी बीवी ने सर झुकाये धीरे से जवाब दिया—क्या जानूं, कोई भिखरिन थी।

मैंने कहा, भिखारिनों की सूरत ऐसी नहीं हुआ करती, यह तो मुझे कुटनी-सी नजर आती है। साफ़-साफ़ बताओं उसके यहां आने का क्या मतलब था।

लेकिन बजाय कि इन संदेह-भरी बातों को सुनकर मेरी बीवी गर्व से सिर उठाये और मेरी तरफ़ उपेक्षा-भरी आंखों से देखकर अपनी साफ़दिली का सबूत दे, उसने सर झुकाए हुए जवाब दिया—मैं उसके पेट में थोड़े ही बैठी थी। भीख मांगने आयी थी भींख दे दी, किसी के दिल का हाल कोई क्या जाने!

उसके लहजे और अंदाज से पता चलता था कि वह जितना जबान से कहती है, उससे ज्यादा उसके दिल में है। झूठा आरोप लगाने की कला में वह अभी बिलकुल कच्ची थी वर्ना तिरिया चरित्तर की थाह किसे मिलती है। मैं देख रहा था कि उसके हाथ-पांव थरथरा रहे है। मैंने झपटकर उसका हाथ पकड़ा और उसके सिर को ऊपर उठाकर बड़े गंभीर क्रोध से बोला—इंदु, तुम जानती हो कि मुझे तुम्हारा कितना एतबार है लेकिन अगर तुमने इसी वक्त सारी घटना सच-सच न बता दी तो मैं नहीं कह सकता कि इसका नतीजा क्या होगा। तुम्हारा ढंग बतलाता है कि कुछ-न-कुछ

दाल में काला जरुर है। यह खूब समझ रखो कि मैं अपनी इज्जत को तुम्हारी और अपनी जानों से ज्यादा अज़ीज़ समझता हूँ। मेरे लिए यह डूब मरने की जगह है कि मैं अपनी बीवी से इस तरह की बातें करूं, उसकी ओर से मेरे दिल मे संदेह पैदा हो। मुझे अब ज्यादा सब्र की गुंजाइश नहीं हैं बोलो क्या बात है?

इंदुमती मेरे पैरो पर गिर पड़ी और रोकर बोली—मेरा कसूर माफ कर दो।

मैंने गरजकर कहा—वह कौन सा कसूर है?

इंदूमति ने संभलकर जवाब दिया—तुम अपने दिल में इस वक्त जो ख्याल कर रहे हो उसे एक पल के लिए भी वहां न रहने दो , वर्ना समझ लो कि आज ही इस जिंदगी का खात्मा है। मुझे नहीं मालूम था कि तुम मेरे ऊपर जो जुल्म किए हैं उन्हें मैंने किस तरह झेला है और अब भी सब-कुछ झेलने के लिए तैयार हूँ। मेरा सर तुम्हारे पैंरो पर है, जिस तरह रखोगे, रहूँगी। लेकिन आज मुझे मालूम हुआ कि तुम खुद हो वैसा ही दूसरों को समझते हो। मुझसे भूल अवश्य हुई है लेकिन उस भूल की यह सजा नहीं कि तुम मुझ पर ऐसे संदेह न करो। मैंने उस औरत की बातों में आकर अपने सारे घर का चिट्ठा बयान कर दिया। मैं समझती थी कि मुझे ऐसा नहीं करना चाहिये लेकिन कुछ तो उस औरत की हमदर्दी और कुछ मेरे अंदर सुलगती हुई आग ने मुझसे यह भूल करवाई और इसके लिए तुम जो सजा दो वह मेरे सर-आंखों पर।

मेरा गुस्सा जरा धीमा हुआ। बोला-तुमने उससे क्या कहा?

इंदुमति ने दिया—घर का जो कुछ हाल है, तुम्हारी बेवफाई , तुम्हारी लापरवाही, तुम्हारा घर की जरुरतों की फ़्रिक न रखना। अपनी बेवकूफी का क्या कहूँ, मैने उसे यहां तक कह दिया कि इधर तीन महीने से उन्होंने घर के लिए कुछ खर्च भी नहीं दिया और इसकी चोट मेरे गहनो पर पड़ी। तुम्हे शायद मालूम नहीं कि इन तीन महीनों में मेरे साढ़े चार सौ रुपये के जेवर बिक गये। न मालूम क्यों मैं उससे यह सब कुछ कह गयी। जब इंसान का दिल जलता है तो जबान तक उसी आंच आ ही जाती है। मगर मुझसे जो कुछ खता हुई उससे कई गुनी सख्त सजा तुमने मुझे दी है; मेरा बयान लेने का भी सब्र न हुआ। खैर, तुम्हारे दिल की कैफियत मुझे मालूम हो गई, तुम्हारा दिल मेरी तरफ़ से साफ़ नहीं है, तुम्हें मुझपर विश्वास नहीं रहा वर्ना एक भिखारिन औरत के घर से निकलने पर तुम्हें ऐसे शुबहे क्यों होते।

मैं सर पर हाथ रखकर बैठ गया। मालूम हो गया कि तबाही के सामान पूरे हुए जाते हैं।

दूसरे दिन मैं ज्यों ही दफ्तर में पहुंचा चोबदार ने आकर कहा-महाराज साहब ने आपको याद किया है।

मैं तो अपनी किस्मत का फैसला पहले से ही किये बैठा था। मैं खूब समझ गया था कि वह बुढ़िया खुफ़िया पुलिस की कोई मुख़बिर है जो मेरे घरेलू मामलों की जांच के लिए तैनात हुई होगी। कल उसकी रिर्पोट आयी होगी और आज मेरी तलबी है। खौफ़ से सहमा हुआ लेकिन दिल को किसी तरह संभाले हुए कि जो कुछ सर पर पड़ेंगी देखा जाएगा, अभी से क्यों जान दूं, मैं महाराजा की खिदमत में पहुँचा। वह इस वक्त अपने पूजा के कमरे में अकेले बैठे हुए थे, क़ागजों का एक ढेर इधर-उधर फैला हुआ था ओर वह खुद किसी ख्याल में डूबे हुए थे। मुझे देखते ही वह मेरी तरफ मुखातिब हुए, उनके चेहरे पर नाराज़गी के लक्षण दिखाई दिये, बोले कुंअर श्यामसिंह, मुझे बहुत अफसोस है कि तुम्हारी बावत मुझे जो बातें मालूम हुईं वह मुझे इस बात के लिए मजबूर करती हैं कि तुम्हारे साथ सख्ती का बर्ताव किया जाए। तुम मेरे पुराने वसीक़ादार हो और तुम्हें यह गौरव कई पीढ़ियों से प्राप्त है। तुम्हारे बुजुर्गों ने हमारे खानदान की जान लगाकार सेवाएं की हैं और उन्हीं के सिलें में यह वसीक़ा दिया गया था लेकिन तुमने अपनी हरकतों से अपने को इस कृपा के योग्य नहीं रक्खा। तुम्हें इसलिए वसीक़ा मिलता था कि तुम अपने खानदान की परवरिश करों, अपने लड़कों को इस योग्य बनाओ कि वह राज्य की कुछ खिदमत कर सकें, उन्हें शारीरिक और नैतिक शिक्षा दो ताकि तुम्हारी जात से रियासत की भलाई हो, न कि इसलिए कि तुम इस रुपये को बेहूदा ऐशपस्ती और हरामकारी में खर्च करो। मुझे इस बात से बहुत तकलीफ़ होती है कि तुमने अब अपने बाल-बच्चों की परवरिश की जिम्मेदारी से भी अपने को मुक्त समझ लिया है। अगर तुम्हारा यही ढंग रहा तो यकीनन वसीक़ादारों का एक पुराना खानदान मिट जाएगा। इसलिए हाज से हमने तुम्हारा नाम वसीक़ादारों की फ़ेहरिस्त से खारिज कर दिया और तुम्हारी जगह तुम्हारी बीवी का नाम दर्ज किया गया। वह अपने लड़कों को पालने-पोसने की जिम्मेदार है। तुम्हारा नाम रियासत के मालियों की फ़ेहरिस्त मे लिया जाएगा, तुमने अपने को इसी के योग्य सिद्ध किया है और मुझे उम्मीद है कि यह तबादला तुम्हें नागवार न होगा। बस, जाओ और मुमकिन हो तो अपने किये पर पछताओ।

मुझे कुछ कहने का साहस न हुआ। मैंने बहुत धैर्यपूर्वक अपने क़िस्मत का यह फ़ैसला सुना और घर की तरफ़ चला। लेकिन दो ही चार क़दम चला था कि अचानक ख़चाल आया किसके घर जा रहे हो, तुम्हारा घर अब कहां है ! मैं उलटे क़दम लौटा। जिस घर का मैं राजा था वहां दूसरों का आश्रित बनकर मुझसे नहीं रहा जाएगा और रहा भी जाये तो मुझे रहना चाहिए। मेरा आचरण निश्चय ही अनुचित था लकिन मेरी नैतिक संवदेना अभी इतनी थोथी न हुई थी। मैंने पक्का इरादा कर लिया कि इसी वक्त इस शहर से भाग जाना मुनासिब है वर्ना बात फैलते ही हमदर्दों और बुरा चेतनेवालों का एक जमघट हालचाल पूछने के लिए आ जाएगा, दूसरों की सूखी हमदर्दियां सुननी पडेंगी जिनके पर्दे में खुशी झलकती होगीं एक बारख् सिर्फ एक बार, मुझे फूलमती का खयाल आया। उसके कारण यह सब दुर्गत हो रही है, उससे तो मिल ही लूं। मगर दिल ने रोका, क्या एक वैभवशाली आदमी की जो इज्जत होती थी वह अब मुझे हासिल हो सकती है? हरगिज़ नहीं। रूप की मण्डी में वफ़ा और मुहब्बत के मुक़ाबिले में रुपया-पैसा ज्यादा क़ीमती चींज है। मुमकिन है इस वक्त मुझ पर तरस खाकर या क्षणिक आवेश में आकर फूलमती मेरे साथ चलने पर आमादा हो जाये लेकिन या क्षणिक आवेश में आकर फूलमती मेरे साथ चलने पर आमादा हो जाये लेकिन उसे लेकर कहां जाऊँगा, पांवों में बेड़ियां डालकर चलना तो ओर भी मुश्किल है। इस तरह सोच-विचार कर मैंने बम्बई की राह ली और अब दो साल से एक मिल में नौकर हूँ, तनख्वाह सिर्फ़ इतनी है कि ज्यों-त्यों जिन्दगी का सिलसिला चलता रहे लेकिन ईश्चर को धन्यवाद देता हूँ और इसी को यथेष्ट समझता हूँ। मैं एक बार गुप्त रूप से अपने घर गया था। फूलमती ने एक दूसरे रईस से रूप का सौदा कर लिया है, लेकिन मेरी पत्नी ने अपने प्रबन्ध-कौशल से घर की हालत खूब संभाल ली है। मैंने अपने मकान को रात के समय लालसा-भरी आंखों से देखा-दरवाज़े पर पर दो लालटेनें जल रही थीं और बच्चे इधर-उधर खेल रहे थे, हर सफ़ाई और सुथरापन दिखायी देता था। मुझे कुछ अखबारों के देखने से मालूम हुआ कि महीनों तक मेरे पते-निशान के बारे में अखबरों में इश्तहार छपते रहे। लेकिन अब यह सूरत लेकर मैं वहां क्या जाऊंगा ओर यह कालिख-लगा मुंह किसको दिखाऊंगा। अब तो मुझे इसी गिरी-पड़ी हालत में जिन्दगी के दिन काटने हैं, चाहे रोकर काटूं या हंसकर। मैं अपनी हरकतों पर अब बहुत शर्मिंदा हूँ। अफसोस मैंने उन नेमतों की कद्र न की, उन्हें लात से ठोकर मारी, यह उसी की सजा है कि आज मुझें यह दिन देखना पड़ रहा है। मैं वह परवाना हूँ। मैं वह परवाना हूँ जिसकी

खाक भी हवा के झोंकों से नहीं बची।

# 5

# अमृत

मेरी उठती जवानी थी जब मेरा दिल दर्द के मजे से परिचित हुआ। कुछ दिनों तक शायरी का अभ्यास करता रहा और धीर-धीरे इस शौक ने तल्लीनता का रुप ले लिया। सांसारिक संबंधो से मुंह मोड़कर अपनी शायरी की दुनिया में आ बैठा और तीन ही साल की मश्क़ ने मेरी कल्पना के जौहर खोल दिये। कभी-कभी मेरी शायरी उस्तादों के मशहूर कलाम से टक्कर खा जाती थी। मेरे क़लम ने किसी उस्ताद के सामने सर नहीं झुकाया। मेरी कल्पना एक अपने-आप बढ़ने वाले पौधे की तरह छंद और पिंगल की क़ैदो से आजाद बढ़ती रही और ऐसे कलाम का ढंग निराला था। मैंने अपनी शायरी को फारस से बाहर निकाल कर योरोप तक पहुँचा दिया। यह मेरा अपना रंग था। इस मैदान में न मेरा कोई प्रतिद्वंद्वी था, न बराबरी करने वाला बावजूद इस शायरों जैसी तल्लीनता के मुझे मुशायरों की वाह-वाह और सुभानअल्लाह से नफ़रत थी। हां, काव्य-रसिकों से बिना अपना नाम बताये हुए अक्सर अपनी शायरी की अच्छाइयों और बुराइयों पर बहस किया करता। तो मुझे शायरी का दावा न था मगर धीरे-धीरे मेरी शोहरत होने लगी और जब मेरी मसनवी 'दुनियाए हुस्न' प्रकाशित हुई तो साहित्य की दुनिया में हल-चल-सी मच गयी। पुराने शायरों ने काव्य-मर्मज्ञों की प्रशंसा-कृपणता में पोथे के पोथे रंग दिये हैं मगर मेरा अनुभव इसके बिलकुल विपरीत था । मुझे कभी-कभी यह ख़याल सताया करता कि मेरे कद्रदानों की यह उदारता दूसरे कवियों की लेखनी की दरिद्रता का प्रमाण है। यह ख़याल हौसला तोड़ने वाला था। बहरहाल, जो कुछ हुआ, 'दुनियाए हुस्न' ने मुझे शायरी का बादशाह बना दिया। मेरा नाम हरेक ज़बान पर था। मेरी चर्चा हर एक अखबार में थी। शोहरत अपने साथ दौलत भी लायी। मुझे दिन-रात शेरो-शायरी के अलावा और कोई काम न था। अक्सर बैठे-बैठे रातें गुज़र जातीं

और जब कोई चुभता हुआ शेर कलम से निकल जाता तो मैं खुशी के मारे उछल पड़ता। मैं अब तक शादी-ब्याह की कैंदों से आजाद़ था या यों कहिए कि मैं उसके उन मजों से अपरिचित था जिनमें रंज की तल्खी भी है और खुशी की नमकीनी भी। अक्सर पश्चिमी साहित्यकारों की तरह मेरा भी ख्याल था कि साहित्य के उन्माद और सौन्दर्य के उन्माद में पुराना बैर है। मुझे अपनी जबान से कहते हुए शर्मिन्दा होना पड़ता है कि मुझे अपनी तबियत पर भरोसा न था। जब कभी मेरी आँखों में कोई मोहिनी सूरत घूम जाती तो मेरे दिल-दिमाग पर एक पागलपन-सा छा जाता। हफ्तों तक अपने को भूला हुआ-सा रहता। लिखने की तरफ तबियत किसी तरह न झुकती। ऐसे कमजोर दिल में सिर्फ एक इश्क की जगह थी। इसी डर से मैं अपनी रंगीन ततिबयत के खिलाफ आचरण शुद्ध रखने पर मजबूर था। कमल की एक पंखुड़ी, श्यामा के एक गीत, लहलहाते हुए एक मैदान में मेरे लिए जादू का-सा आकर्षण था मगर किसी औरत के दिलफ़रेब हुस्न को मैं चित्रकार या मूर्तिकार की बैलौस ऑखों से नहीं देख सकता था। सुंदर स्त्री मेरे लिए एक रंगीन, क़ातिल नागिन थी जिसे देखकर ऑखें खुश होती हैं मगर दिल डर से सिमट जाता है।

खैर, ‘दुनियाए हुस्न’ को प्रकाशित हुए दो साल गुजर चुके थे। मेरी ख्याति बरसात की उमड़ी हुई नदी की तरह बढ़ती चली जाती थी। ऐसा मालूम होता था जैसे मैंने साहित्य की दुनिया पर कोई वशीकरण कर दिया है। इसी दौरान मैंने फुटकर शेर तो बहुत कहे मगर दावतों और अभिनंदनपत्रों की भीड़ ने मार्मिक भावों को उभरने न दिया। प्रदर्शन और ख्याति एक राजनीतिज्ञ के लिए कोड़े का काम दे सकते हैं, मगर शायर की तबियत अकेले शांति से एक कोने के बैठकर ही अपना जौहर दिखालाती है। चुनांचे मैं इन रोज-ब-रोज बढ़ती हुई बेहूदा बातों से गला छुड़ा कर भागा और पहाड़ के एक कोने में जा छिपा। ‘नैरंग’ ने वहीं जन्म लिया।

नैरंग’ के शुरु करते हुए ही मुझे एक आश्चर्यजनक और दिल तोड़ने वाला अनुभव हुआ। ईश्वर जाने क्यों मेरी अक्ल और मेरे चिंतन पर पर्दा पड़ गया। घंटों तबियत पर जोर डालता मगर एक शेर भी ऐसा न निकलता कि दिल फड़के उठे। सूझते भी तो दरिद्र, पिटे हुए विषय, जिनसे मेरी आत्मा भागती थी। मैं अक्सर झुझलाकर

उठ बैठता, कागज फाड़ डालता और बड़ी बेदिली की हालत में सोचने लगता कि क्या मेरी काव्यशक्ति का अंत हो गया, क्या मैंने वह खजाना जो प्रकृति ने मुझे सारी उम्र के लिए दिया था, इतनी जल्दी मिटा दिया। कहां वह हालत थी कि विषयों की बहुतायत और नाज़ुक खयालों की रवानी क़लम को दम नहीं लेने देती थी। कल्पना का पंछी उड़ता तो आसमान का तारा बन जाता था और कहां अब यह पस्ती! यह करुण दरिद्रता! मगर इसका कारण क्या है? यह किस क़सूर की सज़ा है। कारण और कार्य का दूसरा नाम दुनिया है। जब तक हमको क्यों का जवाब न मिले, दिल को किसी तरह सब्र नहीं होता, यहां तक कि मौत को भी इस क्यों का जवाब देना पड़ता है। आखिर मैंने एक डाक्टर से सलाह ली। उसने आम डाक्टरों की तरह आब-हवा बदलने की सलाह दी। मेरी अक्ल में भी यह बात आयी कि मुमकिन है नैनीताल की ठंडी आब-हवा से शायरी की आग ठंडी पड़ गई हो। छः महीने तक लगातार घूमता-फिरता रहा। अनेक आकर्षक दृश्य देखे, मगर उनसे आत्मा पर वह शायराना कैफियत न छाती थी कि प्याला छलक पड़े और खामोश कल्पना खुद ब खुद चहकने लगे। मुझे अपना खोया हुआ लाल न मिला। अब मैं जिंदगी से तंग था। जिंदगी अब मुझे सूखे रेगिस्तान जैसी मालूम होती जहां कोई जान नहीं, ताज़गी नहीं, दिलचस्पी नहीं। हरदम दिल पर एक मायूसी-सी छायी रहती और दिल खोया-खोया रहता। दिल में यह सवाल पैदा होता कि क्या वह चार दिन की चांदनी खत्म हो गयी और अंधेरा पाख आ गया? आदमी की संगत से बेजार, हमजिंस की सूरत से नफरत, मैं एक गुमनाम कोने में पड़ा हुआ जिंदगी के दिन पूरे कर रहा था। पेड़ों की चोटियों पर बैठने वाली, मीठे राग गाने वाली चिड़िया क्या पिंजरे में ज़िंदा रह सकती हैं? मुमकिन है कि वह दाना खाये, पानी पिये मगर उसकी इस जिंदगी और मौत में कोई फर्क नहीं है।

आखिर जब मुझे अपनी शायरी के लौटने की कोई उम्मीद नहीं रही, तो मेरे दिल में यह इरादा पक्का हो गया कि अब मेरे लिए शायरी की दुनिया से मर जाना ही बेहतर होगा। मुर्दा तो हूँ ही, इस हालत में अपने को जिंदा समझना बेवकूफी है। आखिर मैने एक रोज कुछ दैनिक पत्रों का अपने मरने की खबर दे दी। उसके छपते ही मुल्क में कोहराम मच गया, एक तहलका पड़ गया। उस वक्त मुझे अपनी लोकप्रियता का कुछ अंदाजा हुआ। यह आम पुकार थी, कि शायरी की दुनिया की किस्ती मंझधार में डूब गयी। शायरी की महफिल उखड़ गयी। पत्र-पत्रिकाओं में मेरे जीवन-चरित्र प्रकाशित हुए जिनको पढ़ कर मुझे उनके एडीटरों की आविष्कार-बुद्धि का क़ायल होना पड़ा। न तो मैं किसी रईस का बेटा था और न मैंने रईसी की मसनद छोड़कर फकीरी अख्तियार की थी। उनकी कल्पना वास्तविकता पर छा

गयी थी। मेरे मित्रों में एक साहब ने, जिन्हे मुझसे आत्मीयता का दावा था, मुझे पीने-पिलाने का प्रेमी बना दिया था। वह जब कभी मुझसे मिलते, उन्हें मेरी आखें नशे से लाल नजर आतीं। अगरचे इसी लेख में आगे चलकर उन्होनें मेरी इस बुरी आदत की बहुत हृदयता से सफाई दी थी क्योंकि रुखा-सूखा आदमी ऐसी मस्ती के शेर नहीं कह सकता था। ताहम हैरत है कि उन्हें यह सरीहन गलत बात कहने की हिम्मत कैसे हुई।

खैर, इन गलत-बयानियों की तो मुझे परवाह न थी। अलबत्ता यह बड़ी फिक्र थी, फिक्र नहीं एक प्रबल जिज्ञासा थी, कि मेरी शायरी पर लोगों की जबान से क्या फतवा निकलता है। हमारी जिंदगी के कारनामे की सच्ची दाद मरने के बाद ही मिलती है क्योंकि उस वक्त वह खुशामद और बुराइयों से पाक-साफ होती हैं। मरने वाले की खुशी या रंज की कौन परवाह करता है। इसीलिए मेरी कविता पर जितनी आलोचनाएँ निकली हैं उसको मैंने बहुत ही ठंडे दिल से पढ़ना शुरु किया। मगर कविता को समझने वाली दृष्टि की व्यापकता और उसके मर्म को समझने वाली रुचि का चारों तरफ अकाल-सा मालूम होता था। अधिकांश जौहरियों ने एक-एक शेर को लेकर उनसे बहस की थी, और इसमें शक नहीं कि वे पाठक की हैसियत से उस शेर के पहलुओं को खूब समझते थे। मगर आलोचक का कहीं पता न था। नजर की गहराई गायब थी। समग्र कविता पर निगाह डालने वाला कवि, गहरे भावों तक पहुँचने वाला कोई आलोचक दिखाई न दिया।

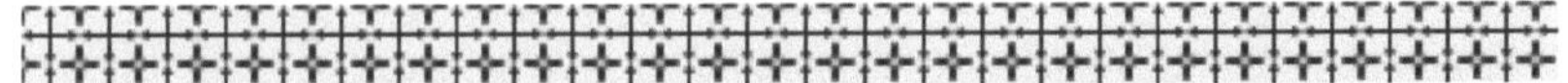

एक रोज़ मैं प्रेतों की दुनिया से निकलकर घूमता हुआ अजमेर की पब्लिक लाइब्रेरी में जा पहुँचा। दोपहर का वक्त था। मैंने मेज पर झुककर देखा कि कोई नयी रचना हाथ आ जाये तो दिल बहलाऊँ। यकायक मेरी निगाह एक सुंदर पत्र की तरफ गयी जिसका नाम था 'कलामें अख्तर'। जैसे भोला बच्चा खिलौने कि तरफ लपकता है उसी तरह झपटकर मैंने उस किताब को उठा लिया। उसकी लेखिका मिस आयशा आरिफ़ थीं। दिलचस्पी और भी ज्यादा हुई। मैं इत्मीनान से बैठकर उस किताब को पढ़ने लगा। एक ही पन्ना पढ़ने के बाद दिलचस्पी ने बेताबी की सूरत अख्तियार की। फिर तो मैं बेसुधी की दुनिया में पहुँच गया। मेरे सामने गोया सूक्ष्म अर्थो की

एक नदी लहरें मार रही थी। कल्पना की उठान, रुचि की स्वच्छता, भाषा की नर्मी। काव्य-दृष्टि ऐसी थी कि हृदय धन्य-धन्य हो उठता था। मैं एक पैराग्राफ पढ़ता, फिर विचार की ताज़गी से प्रभावित होकर एक लंबी साँस लेता और तब सोचने लगता, इस किताब को सरसरी तौर पर पढ़ना असम्भव था। यह औरत थी या सुरुचि की देवी। उसके इशारों से मेरा कलाम बहुत कम बचा था मगर जहां उसने मुझे दाद दी थी वहां सच्चाई के मोती बरसा दिये थे। उसके एतराजों में हमदर्दी और प्रशंसा में भक्ति था। शायर के कलाम को दोषों की दृष्टियों से नहीं देखना चाहिये। उसने क्या नहीं किया, यह ठीक कसौटी नहीं। बस यही जी चाहता था कि लेखिका के हाथ और कलम चूम लूँ। 'सफ़ीर' भोपाल के दफ्तर से एक पत्रिका प्रकाशित हुई थी। मेरा पक्का इरादा हो गया, तीसरे दिन शाम के वक्त मैं मिस आयशा के खूबसूरत बंगले के सामने हरी-हरी घास पर टहल रहा था। मैं नौकरानी के साथ एक कमरे में दाखिल हुआ। उसकी सजावट बहुत सादी थी। पहली चीज़ पर निगाहें पड़ीं वह मेरी तस्वीर थी जो दीवार पर लटक रही थी। सामने एक आइना रखा हुआ था। मैंने खुदा जाने क्यों उसमें अपनी सूरत देखी। मेरा चेहरा पीला और कुम्हलाया हुआ था, बाल उलझे हुए, कपड़ों पर गर्द की एक मोटी तह जमी हुई, परेशानी की जिंदा तस्वीर थी।

उस वक्त मुझे अपनी बुरी शक्ल पर सख्त शर्मिंदगी हुई। मैं सुंदर न सही मगर इस वक्त तो सचमुच चेहरे पर फटकार बरस रही थी। अपने लिबास के ठीक होने का यकीन हमें खुशी देता है। अपने फुहड़पन का जिस्म पर इतना असर नहीं होता जितना दिल पर। हम बुजदिल और बेहौसला हो जाते हैं।

मुझे मुश्किल से पांच मिनट गुजरे होंगे कि मिस आयशा तशरीफ़ लायीं। सांवला रंग था, चेहरा एक गंभीर घुलावट से चमक रहा था। बड़ी-बड़ी नरगिसी आंखों से सदाचार की, संस्कृति की रोशनी झलकती थी। क़द मझोले से कुछ कम। अंग-प्रत्यंग छरहरे, सुथरे, ऐसे हल्की-फुल्की कि जैसे प्रकृति ने उसे इस भौतिक संसार के लिए नहीं, किसी काल्पनिक संसार के लिए सिरजा है। कोई चित्रकार कला की उससे अच्छी तस्वीर नही खींच सकता था।

मिस आयशा ने मेरी तरफ दबी निगाहों से देखा मगर देखते-देखते उसकी गर्दन झुक गयी और उसके गालों पर लाज की एक हल्की-परछाईं नाचती हुई मालूम हुई। जमीन से उठकर उसकी ऑखें मेरी तस्वीर की तरफ गयीं और फिर सामने पर्दे की तरफ जा पहुँचीं। शायद उसकी आड़ में छिपना चाहती थीं।

मिस आयशा ने मेरी तरफ दबी निगाहों से देखकर पूछा—आप स्वर्गीय अख्तर के दोस्तों में से हैं?

मैंने सिर नीचा किये हुए जवाब दिया--मैं ही बदनसीब अख्तर हूँ।
आयशा एक बेखुदी के आलम में कुर्सी पर से खड़ी हुई और मेरी तरफ हैरत से देखकर बोलीं—'दुनियाए हुस्न' के लिखने वाले?
अंधविश्वास के सिवा और किसने इस दुनिया से चले जानेवाले को देखा है? आयशा ने मेरी तरफ कई बार शक से भरी निगाहों से देखा। उनमें अब शर्म और हया की जगह के बजाय हैरत समायी हुई थी। मेरे कब्र से निकलकर भागने का तो उसे यकीन आ ही नहीं सकता था, शायद वह मुझे दीवाना समझ रही थी। उसने दिल में फैसला किया कि इस आदमी मरहूम शायर का कोई क़रीबी अजीज है। शकल जिस तरह मिल रही थी वह दोनों के एक खानदान के होने का सबूत थी। मुमकिन है कि भाई हो। वह अचानक सदमे से पागल हो गया है। शायद उसने मेरी किताब देखी होगी और हाल पूछने के लिए चला आया। अचानक उसे ख़याल गुजरा कि किसी ने अखबारों को मेरे मरने की झूठी खबर दे दी हो और मुझे उस खबर को काटने का मौका न मिला हो। इस ख़याल से उसकी उलझन दूर हुई, बोली—अखबारों में आपके बारे में एक निहायत मनहूस खबर छप गयी थी? मैंने जवाब दिया—वह खबर सही थी।
अगर पहले आयशा को मेरे दिवानेपन में कुछ था तो वह दूर हो गया। आखिर मैने थोड़े लफ़्जो में अपनी दास्तान सुनायी और जब उसको यकीन हो गया कि 'दुनियाए हुस्न' का लिखनेवाला अख्तर अपने इन्सानी चोले में है तो उसके चेहरे पर खुशी की एक हल्की सुर्खी दिखायी दी और यह हल्का रंग बहुत जल्द खुददारी और रुप-गर्व के शोख रंग से मिलकर कुछ का कुछ हो गया। ग़ालिबन वह शर्मिंदा थी कि क्यों उसने अपनी क़द्रदानी को हद से बाहर जाने दिया। कुछ देर की शर्मीली खामोशी के बाद उसने कहा—मुझे अफसोस है कि आपको ऐसी मनहूस खबर निकालने की जरुरत हुई।
मैंने जोश में भरकर जवाब दिया—आपके क़लम की जबान से दाद पाने की कोई सूरत न थी। इस तनक़ीद के लिए मैं ऐसी-ऐसी कई मौते मर सकता था।
मेरे इस बेधड़क अंदाज ने आयशा की जबान को भी शिष्टाचार और संकोच की क़ैद से आज़ाद किया, मुस्कराकर बोली—मुझे बनावट पसंद नहीं है। डाक्टरों ने कुछ बतलाया नहीं? उसकी इस मुस्कराहट ने मुझे दिल्लगी करने पर आमादा किया, बोला—अब मसीहा के सिवा इस मर्ज का इलाज और किसी के हाथ नहीं हो सकता।
आयशा इशारा समझ गई, हँसकर बोली—मसीहा चौथे आसमान पर रहते हैं।
मेरी हिम्मत ने अब और कदम बढ़ाये---रुहों की दुनिया से चौथा आसमान बहुत दूर नहीं है।

आयशा के खिले हुए चेहरे से संजीदगी और अजनबियत का हल्का रंग उड़ गया। ताहम, मेरे इन बेधड़क इशारों को हद से बढ़ते देखकर उसे मेरी जबान पर रोक लगाने के लिए किसी क़दर खुददारी बरतनी पड़ी। जब मैं कोई घंटे-भर के बाद उस कमरे से निकला तो बजाय इसके कि वह मेरी तरफ अपनी अंग्रेजी तहज़ीब के मुताबिक हाथ बढ़ाये उसने चोरी-चोरी मेरी तरफ देखा। फैला हुआ पानी जब सिमटकर किसी जगह से निकलता है तो उसका बहाव तेज़ और ताक़त कई गुना ज्यादा हो जाती है आयशा की उन निगाहों में अस्मत की तासीर थी। उनमें दिल मुस्कराता था और जज्बा नाजता था। आह, उनमें मेरे लिए दावत का एक पुरजोर पैग़ाम भरा हुआ था। जब मैं मुस्लिम होटल में पहुँचकर इन वाक़यात पर गौर करने लगा तो मैं इस नतीजे पर पहुँचा कि गो मैं ऊपर से देखने पर यहां अब तक अपरिचित था लेकिन भीतरी तौर पर शायद मैं उसके दिल के कोने तक पहुँच चुका था।

जब मैं खाना खाकर पलंग पर लेटा तो बावजूद दो दिन रात-रात-भर जागने के नींद आंखों से कोसों दूर थी। जज्बात की कशमकश में नींद कहाँ। आयशा की सूरत, उसकी खातिरदारियाँ और उसकी वह छिपी-छिपी निगाह दिल में एकसासों का तूफान-सा बरपा रही थी उस आखिरी निगाह ने दिल में तमन्नाओं की रुम-धूम मचा दी। वह आरजुएं जो, बहुत अरसा हुआ, मर मिटी थीं फिर जाग उठीं और आरजुओं के साथ कल्पना ने भी मुंदी हुई आंखे खोल दीं।

दिल में जज्ब़ात और कैफ़ियात का एक बेचैन करनेवाला जोश महसूस हुआ। यही आरजुएं, यही बेचैनिया और यही कोशिशें कल्पना के दीपक के लिए तेल हैं। जज्बात की हरारत ने कल्पना को गरमाया। मैं क़लम लेकर बैठ गया और एक ऐसी नज़म लिखी जिसे मैं अपनी सबसे शानदार दौलत समझता हूँ।

मैं एक होटल मे रह रहा था, मगर किसी-न-किसी हीले से दिन में कम-से-कम एक बार जरुर उसके दर्शन का आनंद उठाता । गो आयशा ने कभी मेरे यहाँ तक आने की तकलीफ नहीं की तो भी मुझे यह यकीन करने के लिए शहादतों की जरुरत न थीकि वहाँ किस क़दर सरगर्मी से मेरा इंतजार किया जाता था, मेरे क़दमो की

पहचानी हुई आहटे पाते ही उसका चेहरा कैसे कमल की तरह खिल जाता था और आंखों से कामना की किरणें निकलने लगती थीं।

यहां छः महीने गुजर गये। इस जमाने को मेरी जिंदगी की बहार समझना चाहिये। मुझे वह दिन भी याद है जब मैं आरजुओं और हसरतों के ग़म से आजाद था। मगर दरिया की शांतिपूर्ण रवानी में थिरकती हुई लहरों की बहार कहां, अब अगर मुहब्बत का दर्द था तो उसका प्राणदायी मज़ा भी था। अगर आरज़ुओं की घुलावट थी तो उनकी उमंग भी थी। आह, मेरी यह प्यासी आंखें उस रुप के स्रोत से किसी तरह तप्त न होंती। जब मैं अपनी नशें में डूबी हुई आंखो से उसे देखता तो मुझे एक आत्मिक तरावट-सी महसूस होती। मैं उसके दीदार के नशे से बेसुध-सा हो जाता और मेरी रचना-शक्ति का तो कुछ हद-हिसाब न था। ऐसा मालूम होता था कि जैसे दिल में मीठे भावों का सोता खुल गया था। अपनी कवित्व शक्ति पर खुद अचम्भा होता था। क़लम हाथ में ली और रचना का सोता-सा बह निकला। 'नैरंग' में ऊँची कल्पनाएँ न हो, बड़ी गूढ़ बातें न हों, मगर उसका एक-एक शेर प्रवाह और रस, गर्मी और घुलावट की दाद दे रहा है। यह उस दीपक का वरदान है, जो अब मेरे दिल में जल गया था और रोशनी दे रहा था। यह उस फुल की महक थी जो मेरे दिल में खिला हुआ था। मुहब्बत रुह की खुराक है। यह अमृत की बूंद है जो मरे हुए भावों को जिंदा कर देती है। मुहब्बत आत्मिक वरदान है। यह जिंदगी की सबसे पाक, सबसे ऊँची, मुबारक बरक़त है। यही अक्सीर थी जिसकी अनजाने ही मुझे तलाश थी। वह रात कभी नहीं भूलेगी जब आयशा दुल्हन बनी हुई मेरे घर में आयी। 'नैरंग' उसकी मुबारक जिंदगी की यादगार है। 'दुनियाए हुस्न' एक कली थी, 'नैरंग' खिला हुआ फूल है और उस कली को खिलाने वाली कौन-सी चीज है? वही जिसकी मुझे अनजाने ही तलाश थी और जिसे मैं अब पा गया था।

# 6

# अलग्योझा

भोला महतो ने पहली स्त्री के मर जाने बाद दूसरी सगाई की तो उसके लड़के रग्घू के लिये बुरे दिन आ गये। रग्घू की उम्र उस समय केवल दस वर्ष की थी। चैन से गाँव में गुल्ली-डंडा खेलता फिरता था। माँ के आते ही चक्की में जुतना पड़ा। पन्ना रुपवती स्त्री थी और रुप और गर्व में चोली-दामन का नाता है। वह अपने हाथों से कोई काम न करती। गोबर रग्घू निकालता, बैलों को सानी रग्घू देता। रग्घू ही जूठे बरतन माँजता। भोला की आँखें कुछ ऐसी फिरीं कि उसे अब रग्घू में सब बुराइयाँ-ही- बुराइयाँ नजर आतीं। पन्ना की बातों को वह प्राचीन मर्यादानुसार आँखें बंद करके मान लेता था। रग्घू की शिकायतों की जरा परवाह न करता। नतीजा यह हुआ कि रग्घू ने शिकायत करना ही छोड़ दिया। किसके सामने रोये? बाप ही नहीं, सारा गाँव उसका दुश्मन था। बड़ा जिद्दी लड़का है, पन्ना को तो कुछ समझता ही नहीं; बेचारी उसका दुलार करती है, खिलाती-पिलाती है यह उसी का फल है। दूसरी औरत होती, तो निबाह न होता। वह तो कहो, पन्ना इतनी सीधी-सादी है कि निबाह होता जाता है। सबल की शिकायतें सब सुनते हैं, निर्बल की फरियाद भी कोई नहीं सुनता! रग्घू का हृदय माँ की ओर से दिन-दिन फटता जाता था। यहाँ तक कि आठ साल गुजर गये और एक दिन भोला के नाम भी मृत्यु का संदेश आ पहुँचा।

पन्ना के चार बच्चे थे- तीन बेटे और एक बेटी। इतना बड़ा खर्च और कमानेवाला कोई नहीं। रग्घू अब क्यों बात पूछने लगा? यह मानी हुई बात थी। अपनी स्त्री लाएगा और अलग रहेगा। स्त्री आकर और भी आग लगायेगी। पन्ना को चारों ओर अंधेरा- ही- अंधेरा दिखाई देता था। पर कुछ भी हो, वह रग्घू की आसरैत बनकर घर में न रहेगी। जिस घर में उसने राज किया, उसमें अब लौंडी न बनेगी। जिस लौंडे को अपना गुलाम समझा, उसका मुँह न ताकेगी। वह सुन्दर थी,

अवस्था अभी कुछ ऐसी ज्यादा न थी। जवानी अपनी पूरी बहार पर थी। क्या वह कोई दूसरा घर नहीं कर सकती? यही न होगा, लोग हँसेंगे। बला से! उसकी बिरादरी में क्या ऐसा होता नहीं? ब्राह्मण, ठाकुर थोड़ी ही थी कि नाक कट जायगी। यह तो उन्ही ऊँची जातों में होता है कि घर में चाहे जो कुछ करो, बाहर परदा ढका रहे। वह तो संसार को दिखाकर दूसरा घर कर सकती है, फिर वह रग्घू की दबैल बनकर क्यों रहे?

भोला को मरे एक महीना गुजर चुका था। संध्या हो गयी थी। पन्ना इसी चिन्ता में पड़ी हुई थी कि सहसा उसे ख्याल आया, लड़के घर में नहीं हैं। यह बैलों के लौटने की बेला है, कहीं कोई लड़का उनके नीचे न आ जाय। अब द्वा र पर कौन है, जो उनकी देखभाल करेगा? रग्घू को मेरे लड़के फूटीआँखों नहीं भाते। कभी हँसकर नहीं बोलता। घर से बाहर निकली, तो देखा, रग्घू सामने झोपड़े में बैठा ऊख की गँडेरिया बना रहा है, लड़के उसे घेरे खड़े हैं और छोटी लड़की उसकी गर्दन में हाथ डाले उसकी पीठ पर सवार होने की चेष्टा कर रही है। पन्ना को अपनी आँखों पर विश्वास न आया। आज तो यह नयी बात है। शायद दुनिया को दिखाता है कि मैं अपने भाइयों को कितना चाहता हूँ और मन में छुरी रखी हुई है। घात मिले तो जान ही ले ले! काला साँप है, काला साँप! कठोर स्वर में बोली-तुम सबके सब वहाँ क्या करते हो? घर में आओ, साँझ की बेला है, गोरु आते होंगे।

रग्घू ने विनीत नेत्रों से देखकर कहा— मैं तो हूँ ही काकी, डर किस बात का है? बड़ा लड़का केदार बोला- काकी, रग्घू दादा ने हमारे लिए दो गाड़ियाँ बना दी हैं। यह देख, एक पर हम और खुन्नू बैठेंगे, दूसरी पर लछमन और झुनिया। दादा दोनों गाड़ियाँ खींचेंगे।

यह कहकर वह एक कोने से दो छोटी-छोटी गाड़ियाँ निकाल लाया। चार-चार पहिये लगे थे। बैठने के लिए तख्ते और रोक के लिए दोनों तरफ बाजू थे।

पन्ना ने आश्चर्य से पूछा- ये गाड़ियाँ किसने बनायी? केदार ने चिढ़कर कहा- रग्घू दादा ने बनायी हैं, और किसने! भगत के घर से बसूला और रुखानी माँग लाए और चटपट बना दी। खूब दौड़ती हैं काकी! बैठ खुन्नू मैं खींचूँ। खुन्नू गाड़ी में बैठ गया। केदार खींचने लगा। चर-चर शोर हुआ मानो गाड़ी भी इस खेल में लड़कों के साथ शरीक है। लछमन ने दूसरी गाड़ी में बैठकर कहा- दादा, खींचो। रग्घू ने झुनिया को भी गाड़ी में बिठा दिया और गाड़ी खींचता हुआ दौड़ा। तीनों लड़के तालियाँ बजाने लगे। पन्ना चकित नेत्रों से यह दृश्य देख रही थी और सोच रही थी कि यह वही रग्घू है या कोई और। थोड़ी देर के बाद दोनों गाड़ियाँ लौटीं; लड़के घर में जाकर इस यानयात्रा के अनुभव बयान करने लगे। कितने खुश थे सब, मानों

हवाई जहाज पर बैठ आये हों।

खुन्नू ने कहा- काकी सब पेड़ दौड़ रहे थे। लछमन- और बछिया कैसी भागीं, सबकी सब दौड़ीं! केदार-काकी, रग्घू दादा दोनों गाड़ियाँ एक साथ खींच ले जाते हैं। झुनिया सबसे छोटी थी। उसकी व्यंजना-शक्ति उछल-कूद और नेत्रों तक परिमित थी-तालियाँ बजा-बजाकर नाच रही थी। खुन्नू- अब हमारे घर गाय भी आ जायगी काकी! रग्घू दादा ने गिरधारी से कहा है कि हमें एक गाय ला दो। गिरधारी बोला, कल लाऊँगा। केदार- तीन सेर दूध देती है काकी! खूब दूध पीयेंगे।

इतने में रग्घू भी अंदर आ गया। पन्ना ने अवहेलना की दृष्टि से देखकर पूछा- क्यों रग्घू तुमने गिरधारी से कोई गाय माँगी है? रग्घू ने क्षमा-प्रार्थना के भाव से कहा- हाँ, माँगी तो है, कल लावेगा। पन्ना- रुपये किसके घर से आयेंगे, यह भी सोचा है? रग्घू- सब सोच लिया है काकी! मेरी यह मुहर नहीं है। इसके पच्चीस रुपये मिल रहे हैं, पाँच रुपये बछिया के मुजरा दे दूँगा! बस, गाय अपनी हो जायगी।

पन्ना सन्नाटे में आ गयी। अब उसका अविश्वासी मन भी रग्घू के प्रेम और सज्जनता को अस्वीकार न कर सका। बोली- मुहर को क्यों बेचे देते हो? गाय की अभी कौन जल्दी है? हाथ में पैसे हो जायँ, तो ले लेना। सूना-सूना गला अच्छा न लगेगा। इतने दिनों गाय नहीं रही, तो क्या लड़के नहीं जिये?

रग्घू दार्शनिक भाव से बोला- बच्चों के खाने-पीने के यही दिन हैं काकी! इस उम्र में न खाया, तो फिर क्या खायेंगे। मुहर पहनना मुझे अच्छा भी नहीं मालूम होता। लोग समझते होंगे कि बाप तो मरगया। इसे मुहर पहनने की सूझी है। भोला महतो गाय की चिंता ही में चल बसे। न रुपये आये और न गाय मिली। मजबूर थे। रग्घू ने यह समस्या कितनी सुगमता से हल कर दी। आज जीवन में पहली बार पन्ना को रग्घू पर विश्वास आया, बोली- जब गहना ही बेचना है, तो अपनी मुहर क्यों बेचोगे? मेरी हँसुली ले लेना। रग्घू- नहीं काकी! वह तुम्हारे गले में बहुत अच्छी लगती है। मर्दों को क्या, मुहर पहनें या न पहनें। पन्ना- चल, मैं बूढ़ी हुई। अब हँसुली पहनकर क्या करना है। तू अभी लड़का है, तेरा गला अच्छा न लगेगा? रग्घू मुस्कराकर बोला— तुम अभी से कैसे बूढ़ी हो गयी? गाँव में है कौन तुम्हारे बराबर? रग्घू की सरल आलोचना ने पन्ना को लज्जित कर दिया। उसके रुखे-मुरझाये मुख पर प्रसन्नता की लाली दौड़ गयी।

पाँच साल गुजर गये। रग्घू का-सा मेहनती, ईमानदार, बात का धनी दूसरा किसान गाँव में न था। पन्ना की इच्छा के बिना कोई काम न करता। उसकी उम्र अब 23

साल की हो गयी थी। पन्ना बार-बार कहती, भइया, बहू को बिदा करा लाओ। कब तक नैहर में पड़ी रहेगी? सब लोग मुझी को बदनाम करते हैं कि यही बहू को नहीं आने देती, मगर रग्घू टाल देता था। कहता कि अभी जल्दी क्या है? उसे अपनी स्त्री के रंग-ढंग का कुछ परिचय दूसरों से मिल चुका था। ऐसी औरत को घर में लाकर वह अपनी शांति में बाधा नहीं डालना चाहता था।

आखिर एक दिन पन्ना ने जिद करके कहा -तो तुम न लाओगे?

'कह दिया कि अभी कोई जल्दी नहीं।'

'तुम्हारे लिए जल्दी न होगी, मेरे लिए तो जल्दी है। मैं आज आदमी भेजती हूँ।'

'पछताओगी काकी, उसका मिजाज अच्छा नहीं है।'

'तुम्हारी बला से। जब मैं उससे बोलूँगी ही नहीं, तो क्या हवा से लड़ेगी?

रोटियाँ तो बना लेगी। मुझसे भीतर-बाहर का सारा काम नहीं होता, मैं आज बुलाये लेती हूँ।'

'बुलाना चाहती हो, बुला लो; मगर फिर यह न कहना कि यह मेहरिया को ठीक नहीं करता, उसका गुलाम हो गया।' 'न कहूँगी, जाकर दो साड़ियाँ और मिठाई ले आ।'

तीसरे दिन मुलिया मैके से आ गयी। दरवाजे पर नगाड़े बजे, शहनाइयों की मधुर ध्वनि आकाश में गूँजने लगी। मुँह-दिखावे की रस्म अदा हुई। वह इस मरुभूमि में निर्मल जलधारा थी। गेहुँआ रंग था, बड़ी-बड़ी नोकीली पलकें, कपोलों पर हल्की सुर्खी, आँखों में प्रबल आकर्षण। रग्घू उसे देखते ही मंत्र-मुग्ध हो गया।

प्रातःकाल पानी का घड़ा लेकर चलती, तब उसका गेहुँआ रंग प्रभात की सुनहरी किरणों से कुंदन हो जाता, मानों उषा अपनी सारी सुगंध, सारा विकास और उन्माद लिये मुस्कराती चली जाती हो।

मुलिया मैके से ही जली-भुनी आयी थी। मेरा शौहर छाती फाड़कर काम करे, और पन्ना रानी बनी बैठी रहें, उसके लड़के रईसजादे बने घूमें। मुलिया से यह बरदाश्त न होगा। वह किसी की गुलामी न करेगी। अपने लड़के तो अपने होते ही नहीं, भाई किसके होते हैं? जब तक पर नहीं निकलते हैं, रग्घू को घेरे हुए हैं। ज्यों ही जरा सयाने हुए, पर झाड़कर निकल जायेंगे, बात भी न पूछेंगे।

एक दिन उसने रग्घू से कहा— तुम्हें इस तरह गुलामी करनी हो, तो करो, मुझसे न होगी।

रग्घू— तो फिर क्या करूँ, तू ही बता? लड़के तो अभी घर का काम करने लायक भी नहीं हैं।

मुलिया— लड़के रावत के हैं, कुछ तुम्हारे नहीं हैं। यही पन्ना है, जो तुम्हें दाने-दाने को तरसाती थी। सब सुन चुकी हूँ। मैं लौंडी बनकर न रहूँगी। रुपये-पैसे का मुझे हिसाब नहीं मिलता। न जाने तुम क्या लाते हो और वह क्या करती है। तुम समझते हो, रुपये घर ही में तो हैं: मगर देख लेना, तुम्हें जो एक फूटी कौड़ी भी मिले।

रग्घू— रुपये-पैसे तेरे हाथ में देने लगूँ तो दुनिया क्या कहेगी, यह तो सोच।

मुलिया— दुनिया जो चाहे, कहे। दुनिया के हाथों बिकी नहीं हूँ। देख लेना, भाड़ लीपकर हाथ काला ही रहेगा। फिर तुम अपने भाइयों के लिए मरो, मै क्यों मरूँ?

रग्घू ने कुछ जवाब न दिया। उसे जिस बात का भय था, वह इतनी जल्द सिर आ पड़ी। अब अगर उसने बहुत तत्थो-थंभो किया, तो साल-छःमहीने और काम चलेगा। बस, आगे यह डोंगा चलता नजर नहीं आता। बकरे की माँ कब तक खैर मनायेगी? एक दिन पन्ना ने महुए का सुखावन डाला। बरसात शुरु हो गयी थी। बखार में अनाज गीला हो रहा था। मुलिया से बोली- बहू, जरा देखती रहना, मैं तालाब से नहा आऊँ?

मुलिया ने लापरवाही से कहा-मुझे नींद आ रही है, तुम बैठकर देखो। एक दिन न नहाओगी तो क्या होगा?

पन्ना ने साड़ी उतारकर रख दी, नहाने न गयी। मुलिया का वार खाली गया।

कई दिन के बाद एक शाम को पन्ना धान रोपकर लौटी, अंधेरा हो गया था। दिन-भर की भूखी थी। आशा थी, बहू ने रोटी बना रखी होगी, मगर देखा तो यहाँ चूल्हा ठंडा पड़ा हुआ था, और बच्चे मारे भूख के तड़प रहे थे। पन्ना ने आहिस्ते से पूछा- आज अभी चूल्हा नहीं जला? केदार ने कहा— आज दोपहर को भी चूल्हा नहीं जला काकी! भाभी ने कुछ बनाया ही नहीं।

पन्ना— तो तुम लोगों ने खाया क्या?

केदार— कुछ नहीं, रात की रोटियाँ थीं, खुन्नू और लछमन ने खायीं। मैंने सत्तू खा लिया।

पन्ना— और बहू?

केदार— वह पड़ी सो रही है, कुछ नहीं खाया।

पन्ना ने उसी वक्त चूल्हा जलाया और खाना बनाने बैठ गयी। आटा गूँथती थी और रोती थी। क्या नसीब है? दिन-भर खेत में जली, घर आयी तो चूल्हे के सामने जलना पड़ा।

केदार का चौदहवाँ साल था। भाभी के रंग-ढंग देखकर सारी स्थित समझ रहा था। बोला— काकी, भाभी अब तुम्हारे साथ रहना नहीं चाहती। पन्ना ने चौंककर पूछा— क्या कुछ कहती थी?

केदार— कहती कुछ नहीं थी मगर है उसके मन में यही बात। फिर तुम क्यों नहीं उसे छोड़ देतीं? जैसे चाहे रहे, हमारा भी भगवान है। पन्ना ने दाँतों से जीभ दबाकर कहा— चुप, मेरे सामने ऐसी बात भूलकर भी न कहना। रग्घू तुम्हारा भाई नहीं, तुम्हारा बाप है। मुलिया से कभी बोलोगे तो समझ लेना, जहर खा लूँगी।

दशहरे का त्योहार आया। इस गाँव से कोस-भर एक पुरवे में मेला लगता था। गाँव के सब लड़के मेला देखने चले। पन्ना भी लड़कों के साथ चलने को तैयार हुई; मगर पैसे कहाँ से आयें? कुंजी तो मुलिया के पास थी।

रग्घू ने आकर मुलिया से कहा— लड़के मेले जा रहे हैं, सबों को दो-दो पैसे दे दो।

मुलिया ने त्योरियाँ चढ़ाकर कहा— पैसे घर में नहीं हैं।

रग्घू— अभी तो तेलहन बिका था, क्या इतनी जल्दी रुपये उठ गये?

मुलिया— हाँ, उठ गये?

रग्घू— कहाँ उठ गये? जरा सुनूँ, आज त्योहार के दिन लड़के मेला देखने न जायेंगे?

मुलिया— अपनी काकी से कहो, पैसे निकालें, गाड़कर क्या करेंगी?

खूँटी पर कुंजी लटक रही थी।रग्घू ने कुंजी उतारी और चाहा कि संदूक खोले कि मुलिया ने उसका हाथ पकड़ लिया और बोली— कुंजी मुझे दे दो, नहीं तो ठीक न होगा। खाने- पहनने को भी चाहिए, कागज-किताब को भी चाहिए, उस पर मेला देखने को भी चाहिए। हमारी कमाई इसलिए नहीं है कि दूसरे खायें और मूँछों पर ताव दें।

पन्ना ने रग्घू से कहा— भइया, पैसे क्या होंगे! लड़के मेला देखने न जायँगे। रग्घू ने झिड़ककर कहा— मेला देखने क्यों न जायँगे? सारा गाँव जा रहा है। हमारे ही लड़के न जायँगे? यह कहकर रग्घू ने अपना हाथ छुड़ा लिया और पैसे निकालकर लड़कों को दे दिये; मगर कुंजी जब मुलिया को देने लगा, तब उसने उसे आँगन में फेंक दिया और मुँह लपेटकर लेट गयी! लड़के मेला देखने न गये। इसके बाद दो दिन गुजर गये। मुलिया ने कुछ नहीं खाया और पन्ना भी भूखी रही। रग्घू कभी इसे मनाता, कभी उसे;पर न यह उठती, न वह। आखिर रग्घू ने हैरान होकर मुलिया से

पूछा— कुछ मुँह से तो कह, चाहती क्या है? मुलिया ने धरती को सम्बोधित करके कहा— मैं कुछ नहीं चाहती, मुझे मेरे घर पहुँचा दो। रग्घू— अच्छा उठ, बना-खा। पहुँचा दूँगा।

मुलिया ने रग्घू की ओर आँखें उठायी। रग्घू उसकी सूरत देखकर डर गया। वह माधुर्य, वह मोहकता, वह लावण्य गायब हो गया था। दाँत निकल आये थे, आँखें फट गयी थीं और नथुने फड़क रहे थे। अंगारे की-सी लाल आँखों से देखकर बोली— अच्छा, तो काकी ने यह सलाह दी है, यह मंत्र पढ़ाया है? तो यहाँ ऐसी कच्ची नहीं हूँ। तुम दोनों की छाती पर मूँग दलूँगी। हो किस फेर में? रग्घू— अच्छा, तो मूँग ही दल लेना। कुछ खा-पी लेगी, तभी तो मूँग दल सकेगी। मुलिया— अब तो तभी मुँह में पानी डालूँगी, जब घर अलग हो जायगा। बहुत झेल चुकी, अब नहीं झेला जाता। रग्घू सन्नाटे में आ गया। एक मिनट तक उसके मुँह से आवाज ही न निकली। अलग होने की उसने स्वप्न में भी कल्पना न की थी। उसने गाँव में दो-चार परिवारों को अलग होते देखा था। वह खूब जानता था, रोटी के साथ लोगों के हृदय भी अलग हो जाते हैं। अपने हमेशा के लिए गैर हो जाते हैं। फिर उनमें वही नाता रह जाता है, जो गाँव के और आदमियों में। रग्घू ने मन में ठान लिया था कि इस विपत्ति को घर में न आने दूँगा; मगर होनहार के सामने उसकी एक न चली। आह! मेरे मुँह में कालिख लगेगी, दुनिया यही कहेगी कि बाप के मर जाने पर दस साल भी एक में निबाह न हो सका। फिर किससे अलग हो जाऊँ? जिनको गोद में खिलाया, जिनको बच्चों की तरह पाला, जिनके लिए तरह-तरह के कष्ट झेले, उन्हीं से अलग हो जाऊँ? अपने प्यारों को घर से निकाल बाहर करूँ? उसका गला फँस गया। काँपते हुए स्वर में बोला— तू क्या चाहती है कि मैं अपने भाइयों से अलग हो जाऊँ? भला सोच तो, कहीं मुँह दिखाने लायक रहूँगा?

मुलिया— तो मेरा इन लोगों के साथ निबाह न होगा। रग्घू— तो तू अलग हो जा। मुझे अपने साथ क्यों घसीटती है? मुलिया— तो मुझे क्या तुम्हारे घर में मिठाई मिलती है? मेरे लिए क्या संसार में जगह नहीं है?

रग्घू— तेरी जैसी मर्जी, जहाँ चाहे रह। मैं अपने घर वालों से अलग नहीं हो सकता। जिस दिन इस घर में दो चूल्हे जलेंगे, उस दिन मेरे कलेजे के दो टुकड़े हो जायँगे। मैं यह चोट नहीं सह सकता। तुझे जो तकलीफ हो, वह मैं दूर कर सकता हूँ। माल-असबाब की मालकिन तू है ही, अनाज- पानी तेरे ही हाथ है, अब रह क्या गया है? अगर कुछ काम-धंधा करना नहीं चाहती, मत कर। भगवान ने मुझे समाई दी होती, तो मैं तुझे तिनका तक उठाने न देता। तेरे यह सुकुमार हाथ-पाँव मेहनत-मजदूरी करने के लिए बनाये ही नहीं गये हैं; मगर क्या करूँ अपना कुछ बस ही

नहीं है। फिर भी तेरा जी कोई काम करने को न चाहे, मत कर; मगर मुझसे अलग होने को न कह, तेरे पैरों पड़ता हूँ।

मुलिया ने सिर से आँचल खिसकाया और जरा समीप आकर बोली— मैं काम करने से नहीं डरती, न बैठे-बैठे खाना चाहती हूँ; मगर मुझसे किसी की धौंस नहीं सही जाती। तुम्हारी ही काकी घर का काम-काज करती हैं, तो अपने लिए करती हैं, अपने बाल-बच्चों के लिए करती हैं। मुझ पर कुछ एहसान नहीं करतीं, फिर मुझ पर धौंस क्यों जमाती हैं? उन्हें अपने बच्चे प्यारे होंगे, मुझे तो तुम्हारा आसरा है। मैं अपनी आँखों से यह नहीं देख सकती कि सारा घर तो चैन करे, जरा-जरा-से बच्चे तो दूध पीयें, और जिसके बल-बूते पर गृहस्थी बनी हुई है, वह मट्ठे को तरसे। कोई उसका पूछनेवाला न हो। जरा अपना मुँह तो देखो, कैसी सूरत निकल आयी है। औरों के तो चार बरस में अपने पट्ठे तैयार हो जायेंगे। तुम तो दस साल में खाट पर पड़ जाओगे। बैठ जाओ, खड़े क्यों हो? क्या मारकर भागोगे? मैं तुम्हें जबरदस्ती न बाँध लूँगी, या मालकिन का हुक्म नहीं है? सच कहूँ, तुम बड़े कठ-कलेजी हो। मैं जानती, ऐसे निर्मोहिए से पाला पड़ेगा, तो इस घर में भूल से न आती। आती भी तो मन न लगाती, मगर अब तो मन तुमसे लग गया। घर भी जाऊँ, तो मन यहाँ ही रहेगा और तुम जो हो, मेरी बात नहीं पूछते।

मुलिया की ये रसीली बातें रग्घू पर कोई असर न डाल सकीं। वह उसी रुखाई से बोला— मुलिया, मुझसे यह न होगा। अलग होने का ध्यान करते ही मेरा मन न जाने कैसा हो जाता है। यह चोट मुझ से न सही जायगी। मुलिया ने परिहास करके कहा— तो चूड़ियाँ पहनकर अन्दर बैठो न! लाओ मैं मूँछें लगा लूँ। मैं तो समझती थी कि तुममें भी कुछ कस-बल है। अब देखती हूँ, तो निरे मिट्टी के लोंदे हो। पन्ना दालान में खड़ी दोनों की बातचीत सुन रही थी। अब उससे न रहा गया। सामने आकर रग्घू से बोली— जब वह अलग होने पर तुली हुई है, फिर तुम क्यों उसे जबरदस्ती मिलाये रखना चाहते हो? तुम उसे लेकर रहो, हमारे भगवान मालिक हैं।जब महतो मर गये थे,और कहीं पत्ती की भी छाँह न थी, जब उस वक्त भगवान ने निबाह दिया, तो अब क्या डर? अब तो भगवान की दया से तीनों लड़के सयाने हो गये हैं, अब कोई चिन्ता नहीं।

रग्घू ने आँसू-भरी आँखों से पन्ना को देखकर कहा— काकी, तू भी पागल हो गयी है क्या? जानती नहीं, दो रोटियाँ होते ही दो मन हो जाते हैं। पन्ना— जब वह मानती ही नहीं, तब तुम क्या करोगे? भगवान की मरजी होगी, तो कोई क्या करेगा? परालब्ध में जितने दिन एक साथ रहना लिखा था, उतने दिन रहे। अब उसकी यही मरजी है, तो यही सही। तुमने मेरे बाल-बच्चों के लिए जो कुछ किया,

वह भूल नहीं सकती। तुमने इनके सिर हाथ न रखा होता, तो आज इनकी न जाने क्या गति होती, न जाने किसके द्वार पर ठोकरें खाते होते, न जाने कहाँ-कहाँ भीख माँगते फिरते। तुम्हारा जस मरते दम तक गाऊँगी। अगर मेरी खाल तुम्हारे जूते बनाने के काम आये, तो खुशी से दे दूँ। चाहे तुमसे अलग हो जाऊँ, पर जिस घड़ी पुकारोगे, कुत्ते की तरह दौड़ी आऊँगी। यह भूलकर भी न सोचना कि तुमसे अलग होकर मैं तुम्हारा बुरा चेतूँगी। जिस दिन तुम्हारा अनभल मेरे मन में आएगा, उसी दिन विष खाकर मर जाऊँगी। भगवान करे, तुम दूधों नहाओं, पूतों फलों! मरते दम तक यही असीस मेरे रोएँ-रोएँ से निकलती रहेगी और अगर लड़के भी अपने बाप के हैं। तो मरते दम तक तुम्हारा पोस मानेंगे। यह कहकर पन्ना रोती हुई वहाँ से चली गयी। रग्घू वहीं मूर्ति की तरह बैठा रहा। आसमान की ओर टकटकी लगी थी और आँखों से आँसू बह रहे थे।

---

पन्ना की बातें सुनकर मुलिया समझ गयी कि अपने पौ बारह हैं। चटपट उठी, घर में झाड़ू लगायी, चूल्हा जलाया और कुएँ से पानी लाने चली। उसकी टेक पूरी हो गयी थी। गाँव में स्त्रियों के दो दल होते हैं —एक बहुओं का, दूसरा सासों का! बहुएँ सलाह और सहानुभूति के लिए अपने दल में जाती हैं, सासें अपने में। दोनों की पंचायतें अलग होती हैं। मुलिया को कुएँ पर दो-तीन बहुएँ मिल गयी। एक से पूछा—आज तो तुम्हारी बुढ़िया बहुत रो-धो रही थी। मुलिया ने विजय के गर्व से कहा— इतने दिनों से घर की मालकिन बनी हुई हैं, राज-पाट छोड़ते किसे अच्छा लगता है? बहन, मैं उनका बुरा नहीं चाहती: लेकिन एक आदमी की कमाई में कहाँ तक बरकत होगी। मेरे भी तो यही खाने-पीने, पहनने-ओढ़ने के दिन हैं। अभी उनके पीछे मरो, फिर बाल-बच्चे हो जायँ, उनके पीछे मरो। सारी जिन्दगी रोते ही कट जाय।

एक बहू- बुढ़िया यही चाहती है कि यह सब जन्म-भर लौंडी बनी रहें। मोटा-झोटा खाएँ और पड़ी रहें। दूसरी बहू— किस भरोसे पर कोई मरे—अपने लड़के तो बात नहीं पूछें पराये लड़कों का क्या भरोसा? कल इनके हाथ-पैर हो जायेंगे, फिर कौन पूछता है! अपनी-अपनी मेहरियों का मुँह देखेंगे। पहले ही से फटकार देना अच्छा है, फिर तो कोई कलंक न होगा। मुलिया पानी लेकर गयी, खाना बनाया और रग्घू से बोली— जाओ, नहा आओ, रोटी तैयार है। रग्घू ने मानों सुना ही नहीं। सिर पर हाथ रखकर द्वार की तरफ ताकता रहा। मुलिया— क्या कहती हूँ, कुछ सुनाई देता है, रोटी तैयार है, जाओ नहा आओ।

रग्घू— सुन तो रहा हूँ, क्या बहरा हूँ? रोटी तैयार है तो जाकर खा ले। मुझे भूख नहीं है। मुलिया ने फिर नहीं कहा। जाकर चूल्हा बुझा दिया, रोटियाँ उठाकर छींके पर रख दीं और मुँह ढाँककर लेट रही। जरा देर में पन्ना आकर बोली— खाना तैयार है, नहा-धोकर खा लो! बहू भी भूखी होगी। रग्घू ने झुँझलाकर कहा— काकी तू घर में रहने देगी कि मुँह में कालिख लगाकर कहीं निकल जाऊँ? खाना तो खाना ही है, आज न खाऊँगा, कल खाऊँगा, लेकिन अभी मुझसे न खाया जायगा। केदार क्या अभी मदरसे से नहीं आया? पन्ना— अभी तो नहीं आया, आता ही होगा। पन्ना समझ गयी कि जब तक वह खाना बनाकर लड़कों को न खिलायेगी और खुद न खायेगी रग्घू न खायेगा। इतना ही नहीं, उसे रग्घू से लड़ाई करनी पड़ेगी, उसे जली-कटी सुनानी पड़ेगी। उसे यह दिखाना पड़ेगा कि मैं ही उससे अलग होना चाहती हूँ नहीं तो वह इसी चिन्ता में घुल- घुलकर प्राण दे देगा। यह सोचकर उसने अलग चूल्हा जलाया और खाना बनाने लगी। इतने में केदार और खुन्नू मदरसे से आ गये। पन्ना ने कहा— आओ बेटा, खा लो, रोटी तैयार है।

केदार ने पूछा— भइया को भी बुला लूँ न? पन्ना— तुम आकर खा लो। उसकी रोटी बहू ने अलग बनायी है। खुन्नू— जाकर भइया से पूछ न आऊँ? पन्ना— जब उनका जी चाहेगा, खायेंगे। तू बैठकर खा, तुझे इन बातों से क्या मतलब? जिसका जी चाहेगा खायेगा, जिसका जी न चाहेगा, न खायेगा। जब वह और उसकी बीवी अलग रहने पर तुले हैं, तो कौन मनाये? केदार— तो क्यों अम्माजी, क्या हम अलग घर में रहेंगे? पन्ना— उनका जी चाहे, एक घर में रहें, जी चाहे आँगन में दीवार डाल लें। खुन्नू ने दरवाजे पर आकर झाँका, सामने फूस की झोपड़ी थी, वहीं खाट पर पड़ा रग्घू नारियल पी रहा था। खुन्नू— भइया तो अभी नारियल लिये बैठे हैं। पन्ना— जब जी चाहेगा, खायेंगे।

केदार— भइया ने भाभी को डाँटा नहीं? मुलिया अपनी कोठरी में पड़ी सुन रही थी। बाहर आकर बोली— भइया ने तो नहीं डाँटा अब तुम आकर डाँटों। केदार के चेहरे का रंग उड़ गया। फिर जबान न खोली। तीनों लड़कों ने खाना खाया और बाहर निकले। लू चलने लगी थी। आम के बाग में गाँव के लड़के-लड़कियाँ हवा से गिरे हुए आम चुन रहे थे। केदार ने कहा— आज हम भी आम चुनने चलें, खूब आम गिर रहे हैं। खुन्नू— दादा जो बैठे हैं? लछमन— मैं न जाऊँगा, दादा घुड़केंगे। केदार— वह तो अब अलग हो गये। लक्षमन— तो अब हमको कोई मारेगा, तब भी दादा न बोलेंगे?

केदार— वाह, तब क्यों न बोलेंगे? रग्घू ने तीनों लड़कों को दरवाजे पर खड़े देखा, पर कुछ बोला नहीं। पहले तो वह घर के बाहर निकलते ही उन्हें डाँट बैठता

था, पर आज वह मूर्ति के समान निश्चल बैठा रहा। अब लड़कों को कुछ साहस हुआ। कुछ दूर और आगे बढ़े। रग्घू अब भी न बोला, कैसे बोले? वह सोच रहा था, काकी ने लड़कों को खिला-पिला दिया, मुझसे पूछा तक नहीं। क्या उसकी आँखों पर भी परदा पड़ गया है; अगर मैंने लड़कों को पुकारा और वह न आयें तो? मैं उनको मार-पीट तो न सकूँगा। लू में सब मारे-मारे फिरेंगे। कहीं बीमार न पड़ जायँ। उसका दिल मसोसकर रह जाता था, लेकिन मुँह से कुछ कह न सकता था। लड़कों ने देखा कि यह बिलकुल नहीं बोलते, तो निर्भय होकर चल पड़े। सहसा मुलिया ने आकर कहा— अब तो उठोगे कि अब भी नहीं? जिनके नाम पर फाका कर रहे हो, उन्होंने मजे से लड़कों को खिलाया और आप खाया, अब आराम से सो रही हैं। 'मोर पिया बात न पूछें, मोर सुहागिन नाँव।' एक बार भी तो मुँह से न फूटा कि चलो भइया, खा लो। रग्घू को इस समय मर्मान्तक पीड़ा हो रही थी। मुलिया के इन कठोर शब्दों ने घाव पर नमक छिड़क दिया। दु:खित नेत्रों से देखकर बोला— तेरी जो मर्जी थी, वही तो हुआ। अब जा, ढोल बजा!

मुलिया— नहीं, तुम्हारे लिए थाली परोसे बैठी हैं। रग्घू— मुझे चिढ़ा मत। तेरे पीछे मैं भी बदनाम हो रहा हूँ। जब तू किसी की होकर नहीं रहना चाहती, तो दूसरे को क्या गरज है, जो तेरी खुशामद करे? जाकर काकी से पूछ, लड़के आम चुनने गये हैं, उन्हें पकड़ लाऊँ? मुलिया अँगूठा दिखाकर बोली— यह जाता है। तुम्हें सौ बार गरज हो, जाकर पूछो। इतने में पन्ना भी भीतर से निकल आयी। रग्घू ने पूछा— लड़के बगीचे में चले गये काकी, लू चल रही है। पन्ना— अब उनका कौन पुछत्तर है? बगीचे में जायँ, पेड़ पर चढ़ें, पानी में डूबें। मैं अकेली क्या- क्या करूँ? रग्घू— जाकर पकड़ लाऊँ? पन्ना— जब तुम्हें अपने मन से नहीं जाना है, तो फिर मैं जाने को क्यों कहूँ? तुम्हें रोकना होता , तो रोक न देते? तुम्हारे सामने ही तो गये होंगे? पन्ना की बात पूरी भी न हुई थी कि रग्घू ने नारियल कोने में रख दिया और बाग की तरफ चला।

~

रग्घू लड़कों को लेकर बाग से लौटा, तो देखा मुलिया अभी तक झोंपड़े में खड़ी है। बोला— तू जाकर खा क्यों नहीं लेती? मुझे तो इस बेला भूख नहीं है। मुलिया ऐंठकर बोली— हाँ, भूख क्यों लगेगी! भाइयों ने खाया, वह तुम्हारे पेट में पहुँच ही गया होगा। रग्घू ने दाँत पीसकर कहा— मुझे जला मत मुलिया, नहीं अच्छा न होगा। खाना कहीं भागा नहीं जाता। एक बेला न खाऊँगा, तो मर न जाऊँगा! क्या तू समझती है, घर में आज कोई छोटी बात हो गयी है? तूने घर में चूल्हा नहीं जलाया,

मेरे कलेजे में आग लगाई है। मुझे घमंड था कि और चाहे कुछ हो जाय, पर मेरे घर में फूट का रोग न आने पायगा, पर तूने मेरा घमंड चूर कर दिया। परालब्ध की बात है। मुलिया तिनककर बोली— सारा मोह-छोह तुम्हीं को है कि और किसी को है? मैं तो किसी को तुम्हारी तरह बिसूरते नहीं देखती। रग्घू ने ठंडी साँस खींचकर कहा— मुलिया, घाव पर नोन न छिड़क। तेरे ही कारन मेरी पीठ में धूल लग रही है। मुझे इस गृहस्थी का मोह न होगा, तो किसे होगा? मैंने ही तो इसे मर-मर जोड़ा। जिनको गोद में खेलाया, वहीं अब मेरे पट्टीदार होंगे। जिन बच्चों को मैं डाँटता था, उन्हें आज कड़ी आँखों से भी नहीं देख सकता। मैं उनके भले के लिए भी कोई बात करूँ, तो दुनिया यही कहेगी कि यह अपने भाइयों को लूटे लेता है। जा मुझे छोड़ दे, अभी मुझसे कुछ न खाया जायगा।

मुलिया— मैं कसम रखा दूँगी, नहीं चुपके से चले चलो। रग्घू— देख, अब भी कुछ नहीं बिगड़ा है। अपना हठ छोड़ दे। मुलिया— हमारा ही लहू पिये, जो खाने न उठे। रग्घू ने कानों पर हाथ रखकर कहा— यह तूने क्या किया मुलिया? मैं तो उठ ही रहा था। चल खा लूँ। नहाने-धोने कौन जाय, लेकिन इतना कहे देता हूँ कि चाहे चार की जगह छः रोटियाँ खा जाऊँ, चाहे तू मुझे घी के मटके ही में डुबा दे, पर यह दाग मेरे दिल से न मिटेगा। मुलिया— दाग-साग सब मिट जायगा। पहले सबको ऐसा ही लगता है। देखते नहीं हो, उधर कैसी चैन की वंशी बज रही है, वह तो मना ही रही थीं कि किसी तरह यह सब अलग हो जायँ। अब वह पहले की-सी चाँदी तो नहीं है कि जो कुछ घर में आवे, सब गायब! अब क्यों हमारे साथ रहने लगीं?

रग्घू ने आहत स्वर में कहा— इसी बात का तो मुझे गम है। काकी से मुझे ऐसी आशा न थी। रग्घू खाने बैठा, तो कौर विष के घूँट-सा लगता था। जान पड़ता था, रोटियाँ भूसी की हैं। दाल पानी-सी लगती। पानी कंठ के नीचे न उतरता था, दूध की तरफ देखा तक नहीं। दो-चार ग्रास खाकर उठ आया, जैसे किसी प्रियजन के श्राद्ध का भोजन हो। रात का भोजन भी उसने इसी तरह किया। भोजन क्या किया, कसम पूरी की। रात-भर उसका चित्त उद्विग्न रहा। एक अज्ञात शंका उसके मन पर छायी हुई थी, जैसे भोला महतो द्वार पर बैठा रो रहा हो। वह कई बार चौंककर उठा। ऐसा जान पड़ा, भोला उसकी ओर तिरस्कार की आँखों से देख रहा है।

वह दोनों जून भोजन करता था,पर जैसे शत्रु के घर। भोला की शोकमग्न मूर्ति आँखों से न उतरती थी। रात को उसे नींद न आती। वह गाँव में निकलता, तो इस तरह मुँह चुराये, सिर झुकाए मानो गो-हत्या की हो।

पाँच साल गुजर गये। रग्घू अब दो लड़कों का बाप था। आँगन में दीवार खिंच गयी थी, खेतों में मेड़ें डाल दी गयी थीं और बैल-बछिए बाँट लिये गये थे। केदार की उम्र अब उन्नीस की हो गयी थी। उसने पढ़ना छोड़ दिया था और खेती का काम करता था। खुन्नू गाय चराता था। केवल लछमन अब तक मदरसे जाता था। पन्ना और मुलिया दोनों एक-दूसरे की सूरत से जलती थीं। मुलिया के दोनों लड़के बहुधा पन्ना ही के पास रहते। वहीं उन्हें उबटन मलती, वही काजल लगाती, वही गोद में लिये फिरती, मगर मुलिया के मुँह से अनुग्रह का एक शब्द भी न निकलता। न पन्ना ही इसकी इच्छुक थी। वह जो कुछ करती निर्व्याज भाव से करती थी। उसके दो-दो लड़के अब कमाऊ हो गये थे। लड़की खाना पका लेती थी। वह खुद ऊपर का काम-काज कर लेती। इसके विरुद्ध रग्घू अपने घर का अकेला था, वह भी दुर्बल, अशक्त और जवानी में बूढ़ा। अभी आयु तीस वर्ष से अधिक न थी, लेकिन बाल खिचड़ी हो गये थे। कमर भी झुक चली थी। खाँसी ने जीर्ण कर रखा था। देखकर दया आती थी। और खेती पसीने की वस्तु है। खेती की जैसी सेवा होनी चाहिए, वह उससे न हो पाती। फिर अच्छी फसल कहाँ से आती? कुछ ऋण भी हो गया था। वह चिंता और भी मारे डालती थी। चाहिए तो यह था कि अब उसे कुछ आराम मिलता। इतने दिनों के निरन्तर परिश्रम के बाद सिर का बोझ कुछ हल्का होता, लेकिन मुलिया की स्वार्थपरता और अदूरदर्शिता ने लहराती हुई खेती उजाड़ दी। अगर सब एक साथ रहते, तो वह अब तक पेन्शन पा जाता, मजे में द्वार पर बैठा हुआ नारियल पीता। भाई काम करते, वह सलाह देता। महतो बना फिरता। कहीं किसी के झगड़े चुकाता, कहीं साधु-संतों की सेवा करता। वह अवसर हाथ से निकल गया। अब तो चिंताभार दिन-दिन बढ़ता जाता था।

आखिर उसे धीमा-धीमा ज्वर रहने लगा। हृदय-शूल, चिंता, कड़ा परिश्रम और अभाव का यही पुरस्कार है। पहले कुछ परवाह न की। समझा आप ही आप अच्छा हो जायगा, मगर कमजोरी बढ़ने लगी, तो दवा की फिक्र हुई। जिसने जो बता दिया, खा लिया, डाक्टरों और वैद्यों के पास जाने की सामर्थ्य कहाँ? और सामर्थ्य भी होती, तो रुपये खर्च कर देने के सिवा और नतीजा ही क्या था? जीर्ण ज्वर की औषधि आराम और पुष्टिकारक भोजन है। न वह बसंत-मालती का सेवन कर सकता था और न आराम से बैठकर बलवर्धक भोजन कर सकता था। कमजोरी बढ़ती ही गयी। पन्ना को अवसर मिलता, तो वह आकर उसे तसल्ली देती;लेकिन उसके लड़के अब रग्घू से बात भी न करते थे। दवा-दारु तो क्या करते, उसका और मजाक उड़ाते। भैया समझते थे कि हम लोगों से अलग होकर सोने और ईट

रख लेंगे। भाभी भी समझती थीं, सोने से लद जाऊँगी। अब देखें कौन पूछता है? सिसक-सिसककर न मरें तो कह देना। बहुत 'हाय! हाय!' भी अच्छी नहीं होती। आदमी उतना काम करे, जितना हो सके। यह नहीं कि रुपये के लिए जान दे दे।

पन्ना कहती— रग्घू बेचारे का कौन दोष है? केदार कहता— चल, मैं खूब समझता हूँ। भैया की जगह मैं होता, तो डंडे से बात करता। मजाक थी कि औरत यों जिद करती। यह सब भैया की चाल थी। सब सधी-बधी बात थी।

आखिर एक दिन रग्घू का टिमटिमाता हुआ जीवन-दीपक बुझ गया। मौत ने सारी चिन्ताओं का अंत कर दिया। अंत समय उसने केदार को बुलाया था, पर केदार को ऊख में पानी देना था। डरा, कहीं दवा के लिए न भेज दें। बहाना बना दिया।

मुलिया का जीवन अंधकारमय हो गया। जिस भूमि पर उसने मनसूबों की दीवार खड़ी की थी, वह नीचे से खिसक गयी थी। जिस खूँटें के बल पर वह उछल रही थी, वह उखड़ गया था। गाँववालों ने कहना शुरु किया, ईश्वर ने कैसा तत्काल दंड दिया। बेचारी मारे लाज के अपने दोनों बच्चों को लिये रोया करती। गाँव में किसी को मुँह दिखाने का साहस न होता। प्रत्येक प्राणी उससे यह कहता हुआ मालूम होता था—'मारे घमण्ड के धरती पर पाँव न रखती थी: आखिर सजा मिल गयी कि नहीं !' अब इस घर में कैसे निर्वाह होगा? वह किसके सहारे रहेगी? किसके बल पर खेती होगी? बेचारा रग्घू बीमार था। दुर्बल था, पर जब तक जीता रहा, अपना काम करता रहा। मारे कमजोरी के कभी-कभी सिर पकड़कर बैठ जाता और जरा दम लेकर फिर हाथ चलाने लगता था। सारी खेती तहस-नहस हो रही थी, उसे कौन संभालेगा? अनाज की डाँठें खलिहान में पड़ी थीं, ऊख अलग सूख रही थी। वह अकेली क्या-क्या करेगी? फिर सिंचाई अकेले आदमी का तो काम नहीं। तीन-तीन मजदूरों को कहाँ से लाए! गाँव में मजदूर थे ही कितने। आदमियों के लिये खींचा-तानी हो रही थी। क्या करे, क्या न करे।

इस तरह तेरह दिन बीत गये। क्रिया-कर्म से छुट्टी मिली। दूसरे ही दिन सवेरे मुलिया ने दोनों बालकों को गोद में उठाया और अनाज माँड़ने चली। खलिहान में पहुँचकर उसने एक को तो पेड़ के नीचे घास के नर्म बिस्तर पर सुला दिया और दूसरे को वहीं बैठाकर अनाज माँड़ने लगी। बैलों को हाँकती थी और रोती थी। क्या इसीलिए भगवान ने उसको जन्म दिया था? देखते-देखते क्या से क्या हो गया? इन्हीं दिनों पिछले साल भी अनाज माँड़ा गया था। वह रग्घू के लिए लोटे में शरबत

और मटर की घुँघनी लेकर आयी थी। आज कोई उसके न आगे है, न पीछे,लेकिन किसी की लौंडी तो नहीं हूँ! उसे अलग होने का अब भी पछतावा न था।

एकाएक छोटे बच्चे का रोना सुनकर उसने उधर ताका, तो बड़ा लड़का उसे चुमकारकर कह रहा था— बैया तुप रहो, तुप रहो। धीरे-धीरे उसके मुँह पर हाथ फेरता था और चुप कराने के लिए विकल था। जब बच्चा किसी तरह न चुप न हुआ तो वह खुद उसके पास लेट गया और उसे छाती से लगाकर प्यार करने लगा; मगर जब यह प्रयत्न भी सफल न हुआ, तो वह रोने लगा। उसी समय पन्ना दौड़ी आयी और छोटे बालक को गोद में उठाकर प्यार करती हुई बोली— लड़कों को मुझे क्यों न दे आयी बहू? हाय! हाय! बेचारा धरती पर पड़ा लोट रहा है। जब मैं मर जाऊँ तो जो चाहे करना, अभी तो जीती हूँ, अलग हो जाने से बच्चे तो नहीं अलग हो गये। मुलिया ने कहा— तुम्हें भी तो छुट्टी नहीं थी अम्माँ, क्या करती?

पन्ना— तो तुझे यहाँ आने की ऐसी क्या जल्दी थी? डाँठ माँड़ न जाती। तीन-तीन लड़के तो हैं, और किस दिन काम आएँगे? केदार तो कल ही माँड़ने को कह रहा था; पर मैंने कहा, पहले ऊख में पानी दे लो, फिर आज माँड़ना, मँड़ाई तो दस दिन बाद भी हो सकती है, ऊख की सिंचाई न हुई तो सूख जायगी। कल से पानी चढ़ा हुआ है, परसों तक खेत पुर जायगा। तब मँड़ाई हो जायगी। तुझे विश्वास न आयगा, जब से भैया मरे हैं, केदार को बड़ी चिंता हो गयी है। दिन में सौ-सौ बार पूछता है, भाभी बहुत रोती तो नहीं हैं? देख, लड़के भूखे तो नहीं हैं। कोई लड़का रोता है, तो दौड़ा आता है, देख अम्माँ, क्या हुआ, बच्चा क्यों रोता है? कल रोकर बोला—अम्माँ, मैं जानता कि भैया इतनी जल्दी चले जायँगे, तो उनकी कुछ सेवा कर लेता। कहाँ जगाये-जगाये उठता था, अब देखती हो, पहर रात से उठकर काम में लग जाता है। खुन्नू कल जरा-सा बोला, पहले हम अपनी ऊख में पानी दे लेंगे, तब भैया की ऊख में देंगे। इस पर केदार ने ऐसा डाँटा कि खुन्नू के मुँह से फिर बात न निकली। बोला, कैसी तुम्हारी और कैसी हमारी ऊख? भैया ने जिला न लिया होता, तो आज या तो मर गये होते या कहीं भीख माँगते होते। आज तुम बड़े ऊखवाले बने हो! यह उन्हीं का पुन- परताप है कि आज भले आदमी बने बैठे हो। परसों रोटी खाने को बुलाने गयी, तो मँड़ैया में बैठा रो रहा था। पूछा, क्यों रोता है? तो बोला, अम्माँ, भैया इसी 'अलग्योझा के दुख से मर गये, नहीं अभी उनकी उमिर ही क्या थी! यह उस वक्त न सूझा, नहीं उनसे क्यों बिगाड़ करते? यह कहकर पन्ना ने मुलिया की ओर संकेतपूर्ण दृष्टि से देखकर कहा— तुम्हें वह अलग न रहने देगा बहू, कहता है, भैया हमारे लिए मर गये तो हम भी उनके बाल-बच्चों के लिए मर जायँगे।

मुलिया की आँखों से आँसू जारी थे। पन्ना की बातों में आज सच्ची वेदना, सच्ची सान्त्वना, सच्ची चिन्ता भरी हुई थी। मुलिया का मन कभी उसकी ओर इतना आकर्षित न हुआ था। जिनसे उसे व्यंग्य और प्रतिकार का भय था, वे इतने दयालु, इतने शुभेच्छु हो गये थे। आज पहली बार उसे अपनी स्वार्थपरता पर लज्जा आयी। पहली बार आत्मा ने अलग्योझे पर धिक्कारा।

इस घटना को हुए पाँच साल गुजर गये। पन्ना आज बूढ़ी हो गयी है। केदार घर का मालिक है। मुलिया घर की मालकिन है। खुन्नू और लछमन के विवाह हो चुके हैं;मगर केदार अभी तक क्वाँरा है। कहता है— मैं विवाह न करूँगा। कई जगहों से बातचीत हुई, कई सगाइयाँ आयीं: पर उसने हामी न भरी। पन्ना ने कम्पे लगाये, जाल फैलाये, पर वह न फँसा। कहता— औरतों से कौन सुख? मेहरिया घर में आयी और आदमी का मिजाज बदला। फिर जो कुछ है, वह मेहरिया है। माँ-बाप, भाई-बन्धु सब पराये हैं। जब भैया जैसे आदमी का मिजाज बदल गया, तो फिर दूसरों की क्या गिनती? दो लड़के भगवान के दिये हैं और क्या चाहिए। बिना ब्याह किए दो बेटे मिल गये, इससे बढ़कर और क्या होगा? जिसे अपना समझो वह अपना है; जिसे गैर समझो, वह गैर है।

एक दिन पन्ना ने कहा— तेरा वंश कैसे चलेगा? केदार— मेरा वंश तो चल रहा है। दोनों लड़कों को अपना ही समझता हूँ। पन्ना— समझने ही पर है, तो तू मुलिया को भी अपनी मेहरिया समझता होगा? केदार ने झेंपते हुए कहा— तुम तो गाली देती हो अम्माँ! पन्ना— गाली कैसी, तेरी भाभी ही तो है! केदार— मेरे जेसे लट्ठ-गँवार को वह क्यों पूछने लगी! पन्ना— तू करने को कह, तो मैं उससे पूछूँ?

केदार— नहीं मेरी अम्माँ, कहीं रोने-गाने न लगे। पन्ना—तेरा मन हो, तो मैं बातों-बातों में उसके मन की थाह लूँ? केदार— मैं नहीं जानता, जो चाहे कर। पन्ना केदार के मन की बात समझ गयी। लड़के का दिल मुलिया पर आया हुआ है, पर संकोच और भय के मारे कुछ नहीं कहता। उसी दिन उसने मुलिया से कहा— क्या करूँ बहू, मन की लालसा मन में ही रह जाती है। केदार का घर भी बस जाता, तो मैं निश्चिन्त हो जाती। मुलिया— वह तो करने को ही नहीं कहते।

पन्ना— कहता है, ऐसी औरत मिले, जो घर में मेल से रहे, तो कर लूँ। मुलिया— ऐसी औरत कहाँ मिलेगी? कहीं ढूँढ़ो। पन्ना— मैंने तो ढूँढ़ लिया है। मुलिया— सच, किस गाँव की है?

पन्ना- अभी न बताऊँगी, मुदा यह जानती हूँ कि उससे केदार की सगाई हो जाय, तो घर बन जाय और केदार की जिन्दगी भी सुफल हो जाय। न जाने लड़की मानेगी कि नहीं।

मुलिया— मानेगी क्यों नहीं अम्माँ, ऐसा सुन्दर कमाऊ, सुशील वर और कहाँ मिला जाता है? उस जनम का कोई साधु-महात्मा है, नहीं तो लड़ाई-झगड़े के डर से कौन बिन ब्याहा रहता है। कहाँ रहती है, मैं जाकर उसे मना लाऊँगी। पन्ना— तू चाहे, तो उसे मना ले। तेरे ही ऊपर है।

मुलिया— मैं आज ही चली जाऊँगी, अम्मा, उसके पैरों पड़कर मना लाऊँगी। पन्ना— बता दूँ, वह तू ही है!

मुलिया लजाकर बोली— तुम तो अम्माँजी, गाली देती हो। पन्ना— गाली कैसी, देवर ही तो है! मुलिया— मुझ जैसी बुढ़िया को वह क्यों पूछेंगे?

पन्ना— वह तुझी पर दाँत लगाये बैठा है। तेरे सिवा कोई और उसे भाती ही नहीं। डर के मारे कहता नहीं; पर उसके मन की बात मैं जानती हूँ। वैधव्य के शौक से मुरझाया हुआ मुलिया का पीत वदन कमल की भाँति अरुण हो उठा। दस वर्षो में जो कुछ खोया था, वह इसी एक क्षण में मानों ब्याज के साथ मिल गया। वही लावण्य, वही विकास, वही आकर्षण, वही लोच!

# 7

# आख़िरी तोहफ़ा

सारे शहर में सिर्फ एक ऐसी दुकान थी, जहाँ विलायती रेशमी साड़ी मिल सकती थीं। और सभी दुकानदारों ने विलायती कपड़े पर कांग्रेस की मुहर लगवायी थी। मगर अमरनाथ की प्रेमिका की फ़रमाइश थी, उसको पूरा करना जरुरी था। वह कई दिन तक शहर की दुकानोंका चक्कर लगाते रहे, दुगुना दाम देने पर तैयार थे, लेकिन कहीं सफल-मनोरथ न हुए और उसके तक़ाजे बराबर बढ़ते जाते थे। होली आ रही थी। आख़िर वह होली के दिन कौन-सी साड़ी पहनेगी। उसके सामने अपनी मजबूरी को जाहिर करना अमरनाथ के पुरुषोचित अभिमान के लिए कठिन था। उसके इशारे से वह आसमान के तारे तोड़ लाने के लिए भी तत्पर हो जाते। आख़िर जब कहीं मक़सद पूरा न हुआ, तो उन्होंने उसी खास दुकान पर जाने का इरादा कर लिया। उन्हें यह मालूम था कि दुकान पर धरना दिया जा रहा है। सुबह से शाम तक स्वयंसेवक तैनात रहते हैं और तमाशाइयों की भी हरदम खासी भीड़ रहती है। इसलिए उस दुकान में जाने के लिए एक विशेष प्रकार के नैतिक साहस की जरुरत थी और यह साहस अमरनाथ में जरुरत से कम था। पढ़े-लिखे आदमी थे, राष्ट्रीय भावनाओं से भी अपरिचित न थे, यथाशक्ति स्वदेशी चीजें ही इस्तेमाल करते थे। मगर इस मामले में बहुत कट्टर न थे। स्वदेशी मिल जाय तो बेहतर वर्ना विदेशी ही सही- इस उसूल के मानने वाले थे। और खासकर जब उसकी फरमाइश थी तब तो कोई बचाव की सूरत ही न थी। अपनी जरुरतों को तो वह शायद कुछ दिनों के लिए टाल भी देते, मगर उसकी फरमाइश तो मौत की तरह अटल है। उससे मुक्ति कहां ! तय कर लिया कि आज साड़ी जरुर लायेंगे। कोई क्यों रोके? किसी को रोकने का क्या अधिकर हैं? माना स्वदेशी का इस्तेमाल अच्छी बात है लेकिन किसी को जबर्दस्ती करने का क्या हक़ है? अच्छी आजादी की लड़ाई है जिसमें व्यक्ति की

आजादी का इतना बेदर्दी से खून हो !

यों दिल को मजबूत करके वह शाम को दुकान पर पहुँचे। देखा तो पाँच वालण्टियर पिकेटिंग कर रहे हैं और दुकान के सामने सड़क पर हज़ारों तमाशाई खड़े हैं। सोचने लगे, दुकान में कैसे जाएं। कई बार कलेजा मज़बूत किया और चले मगर बरामदे तक जाते-जाते हिम्मत ने जवाब दे दिया।

संयोग से एक जान-पहचान के पण्डितजी मिल गये। उनसे पूछा—क्यों भाई, यह धरना कब तक रहेगा? शाम तो हो गयी।

पण्डितजी ने कहा—इन सिरफिरों को सुबह और शाम से क्या मतलब, जब तक दुकान बन्द न हो जाएगी, यहां से न टलेंगे। कहिए, कुछ खरीदने को इरादा है? आप तो रेशमी कपड़ा नहीं खरीदते?

अमरनाथ ने विवशता की मुद्रा बनाकर कहा—मैं तो नहीं खरीदता। मगर औरतों की फ़रमाइश को कैसे टालूँ।

पण्डितजी ने मुस्कराकर कहा—वाह, इससे ज्यादा आसान तो कोई बात नहीं। औरतों को भी चकमा नहीं दे सकते? सौ हीले-हजार बहाने हैं।

अमरनाथ—आप ही कोई हीला सोचिए।

पण्डितजी—सोचना क्या है, यहाँ रात-दिन यही किया करते हैं। सौ-पचास हीले हमेशा जेबों में पड़े रहते हैं। औरत ने कहा, हार बनवा दो। कहा, आज ही लो। दो-चार रोज़ के बाद कहा, सुनार माल लेकर चम्पत हो गया। यह तो रोज का धन्धा है भाई। औरतों का काम फ़रमाइश करना है, मर्दों का काम उसे खूबसूरती से टालना है।

अमरनाथ—आप तो इस कला के पण्डित मालूम होते हैं !

पण्डितजी—क्या करें भाई, आबरु तो बचानी ही पड़ती है। सूखा जवाब दें तो शर्मिंदगी अलग हो, बिगड़ें वह अगल से, समझें, हमारी परवाह ही नहीं करते। आबरु का मामला हैं। आप एक काम कीजिए। यह तो आपने कहा ही होगा कि आजकल पिकेटिंग है?

अमरनाथ—हां, यह तो बहाना कर चुका भाई, मगर वह सुनती ही नहीं, कहती है, क्या विलायती कपड़े दुनिया से उठ गये, मुझसे चले हो उड़ने!

पण्डितजी—तो मालूम होता है, कोई धुन की पक्की औरत है। अच्छा तो मैं एक तरकीब बताऊँ। एक खाली कार्ड का बक्स ले लो, उसमें पुराने कपड़े जलाकर भर लो। जाकर कह देना, मैं कपड़े लिये आता था, वालण्टियरों ने छीनकर जला दिये। क्यों, कैसी रेहगी?

अमरनाथ—कुछ जंचती नहीं। अजी, बीस एतराज़ करेंगी, कहीं पर्दाफ़ाश हो जाय

तो मुफ्त की शर्मिंदगी उठानी पड़े।
पण्डितजी—तो मालूम हो गया, आप बोदे आदमी हैं और हैं भी आप कुछ ऐसे ही। यहाँ तो कुछ इस शान से हीले करते हैं कि सच्चाई की भी उसके आगे धुल हो जाय। जिन्दगी यही बहाने करते गुजरी और कभी पकड़े न गये। एक तरकीब और है। इसी नमूने का देशी माल ले जाइए और कह दीजिए कि विलायती है।
अमरनाथ—देशी और विलायती की पहचान उन्हें मुझसे और आपसे कहीं ज्यादा हैं। विलायती पर तो जल्द विलयती का यक़ीन आयेगा नहीं, देशी की तो बात ही क्या है !
एक खद्दरपोश महाशय पास ही खड़े यह बातचीत सुन रहे थे, बोल उठे— ए साहब, सीधी-सी तो बात है, जाकर साफ़ कह दीजिए कि मैं विदेशी कपड़े न लाऊंगा। अगर जिद करे तो दिन-भर खाना न खाइये, आप सीधे रास्ते पर आ जायेगी।
अमरनाथ ने उनकी तरफ कुछ ऐसी निगाहों से देखा जो कह रही थीं, आप इस कूचे को नहीं जानते और बोले—यह आप ही कर सकते हैं, मैं नहीं कर सकता।
खद्दरपोश—कर तो आप भी सकते हैं लेकिन करना नहीं चाहते। यहां तो उन लोगों में से हैं कि अगर विदेशी दुआ से मुक्ति भी मिलती हो तो उसे ठुकरा दें।
अमरनाथ—तो शायद आप घर में पिकेटिंग करते होंगे?
खद्दरपोश—पहले घर में करके तब बाहर करते हैं भाई साहब।
खद्दरपोश साहब चले गये तो पण्डितजी बोले—यह महाशय तो तीसमारखां से भी तेज़ निकल। अच्छा तो एक काम कीजिए। इस दुकान के पिंछवाड़े एक दूसरा दरवाज़ा है, ज़रा अंधेरा हो जाय तो उधर चले जाइएगा, दायें-बायें किसी की तरफ़ न देखिएगा।
अमरनाथ ने पण्डितजी को धन्यवाद दिया और जब अंधेरा हो गया तो दुकान के पिछवाड़े की तरफ जा पहुँचे। डर रहे थे, कहीं यहां भी घेरा न पड़ा हो। लेकिन मैदान खाली था। लपककर अन्दर गये, एक ऊंचे दामों की साड़ी ख़रीदी और बाहर निकले तो एक देवीजी केसरिया साड़ी पहने खड़ी थीं। उनको देखकर इनकी रुह फ़ना हो गयी, दरवाजे से बाहर पांव रखने की हिम्मत नीं हुई। एक तरफ़ देखकर तेजी से निकल पड़े और कोई सौ कदम भागते हुए चले गये। कम्र का लिखा, सामने से एक बुढ़िया लाठी टेकती चली आ रही थी। आप उससे लड़ गये। बुढ़िया गिर पड़ी और लगी कोसने—अरे अभागे, यह जवानी बहुत दिन न रहेगी, आंखों में चर्बी छा गयी है, धक्के देता चलता है !
अमरनाथ उसकी खुशामद करने लगे—माफ करो, मुझे रात को कुछ कम दिखाई पड़ता है। ऐनक घर भूल आया।

बुढ़िया का मिज़ाज ठण्डा हुआ, आगे बढ़ी और आप भी चले। एकाएक कानों में आवाज आयी, 'बाबू साहब, जरा ठहरियेगा' और वही केसरिया कपड़ोवाली देवीजी आती हुई दिखायी दीं।

अमरनाथ के पांव बंध गये। इस तरह कलेजा मजबूत करके खड़े हो गये जैसे कोई स्कूली लड़का मास्टर की बेंत के सामने खड़ा होता है।

देवीजी ने पास आकर कहा—आप तो ऐसे भागे कि मैं जैसे आपको काट खाऊँगी। आप जब पढ़े-लिखे आदमी होकर अपना धर्म नहीं समझते तो दुख होता है। देश की क्या हालत है, लोगों को खद्दर नहीं मिलता, आप रेशमी साड़ियां खरीद रहे हैं !

अमरनाथ ने लज्जित होकर कहा—मैं सच कहता हूँ देवीजी, मैंने अपने लिए नहीं खरीदी, एक साहब की फ़रमाइश थीं

देवीजी ने झोली से एक चूड़ी लिकालकर उनकी तरफ़ बढ़ाते हुए कहा—ऐसे हीले रोज़ ही सुना करती हूँ। या तो आप उसे वापस कर दीजिए या लाइए हाथ मैं चूड़ी पहना दूँ।

अमरनाथ—शौक से पहना दीजिए। मैं उसे बड़े गर्व से पह

नूँगा। चूड़ी उस बलिदान का चिह्न है जो देवियों के जीवन की विशेषता है। चूड़ियां उन देवियों के हाथ में थीं जिनके नाम सुनकर आज भी हम आदर से सिर झुकाते हैं। मैं तो उसे शर्म की बात नहीं समझता। आप अगर और कोई चीज पहनाना चाहें तो वह भी शौक़ से पहना दीजिए। नारी पूजा की वस्तु है, उपेक्षा की नहीं। अगर स्त्री, जो क़ौम को पैदा करती हैं, चूड़ी पहनना अपने लिए गौरव की बात समझती है तो मर्दों के लिए चूड़ी पहनाना क्यों शर्म की बात हो?

देवीजी को उनकी इस निर्लज्जता पर आश्चर्य हुआ मगर वह इतनी आसानी से अमरनाथ को छोड़नेवाली न थीं। बोलीं—आप बातों के शेर मालूम होते हैं। अगर आप हृदय से स्त्री को पूजा की वस्तु मानते हैं, तो मेरी यह विनती क्यों नहीं मान जाते?

अमरनाथ-इसलिए कि यह साड़ी भी एक स्त्री की फरमाइश है।

देवी-अच्छा चलिए, मैं आपके साथ चलूँगी, जरा देखूँ आपकी देवी जी किस स्वभाव की स्त्री हैं।

अमरनाथ का दिल बैठ गया। बेचारा अभी तक बिना-ब्याहा था, इसलिए नहीं कि उसकी शादी न होती थी बल्कि इसलिए कि शादी को वह एक आजीवन कारावास समझता था। मगर वह आदमी रसिक स्वभाव के थे। शादी से अलग रहकर भी शादी के मजों से अपिरचित न थे। किसी ऐसे प्राणी की जरूरत उनके लिए अनिवार्य थी जिस पर वह अपने प्रेम को समर्पित कर सकें, जिसकी तरावट से वह अपनी

रूखी-सूखी जिन्दगी को तरो-ताज़ा कर सकें, जिसके प्रेम की छाया में वह जरा देर के लिए ठण्डक पा सकें, जिसके दिल मे वह अपनी उमड़ी हुई जवानी की भावनाओं को बिखेरकर उनका उगना देख सकें। उनकी नज़र ने मालती को चुना था जिसकी शहर में घूम थी। इधर डेढ़-दो साल से वह इसी खलिहान के दाने चुना करते थे। देवीजी के आग्रह ने उन्हें थोड़ी देर के लिए उलझन में डाल दिया था। ऐसी शर्मिंदगी उन्हें जिन्दगी में कभी न हुई थी। बोले-आज तो वह एक न्योते में गई हैं, घर में न होंगी।

देवीजी ने अविश्वास से हंसकर कहा-तो मैं समझ यह आपकी देवीजी का कुसूर नहीं, आपका कुसूर है।

अमरनाथ ने लज्जित होकर कहा-मैं आपसे सच कहता हूँ, आज वह घर पर नहीं।

देवी ने कहा-कल आ जाएंगी?

अमरनाथ बोले-हां, कल आ जाएंगी।

देवी-तो आप यह साड़ी मुझे दे दीजिए और कल यहीं आ जाइएगा, मैं आपके साथ चलूँगी। मेरे साथ दो-चार बहनें भी होंगी।

अमरनाथ ने बिना किसी आपत्ति के वह साड़ी देवीजी को दे दी और बोले-बहुत अच्छा, मैं कल आ जाऊँगा। मगर क्या आपको मुझ पर विश्वास नहीं है जो साड़ी की जमानत जरूरी है?

देवीजी ने मुस्कराकर कहा-सच्ची बात तो यही है कि मुझे आप पर विश्वास नहीं।

अमरनाथ ने स्वाभिमानपूर्वक कहा- अच्छी बात है, आप इसे ले जाएं।

देवी ने क्षण-भर बाद कहा-शायद आपको बुरा लग रहा हो कि कहीं साड़ी गुम न हो जाए। इसे आप लेते जाइए, मगर कल आइए जरूर।

अमरनाथ स्वाभिमान के मारे बगैर कुछ कहे घर की तरफ चल दिये, देवीजी 'लेते जाइए लेते जाइए' करती रह गयीं।

अमरनाथ घर न जाकर एक खद्दर की दुकान पर गये और दो सूटों का खद्दर खरीदा। फिर अपने दर्जी के पास ले जाकर बोले-खलीफा, इसे रातों-रात तैयार कर दो, मुहंमागी सिलाई दूंगा।

दर्जी ने कहा-बाबू साहब , आजकल तो होली की भीड़ है। होली से पहले तैयार न हो सकेंगे।

अमरनाथ ने आग्रह करते हुए कहा-मैं मुंहमांगी सिलाई दूंगा, मगर कल दोपहर तक मिल जाए। मुझे कल एक जगह जाना है। अगर दोपहर तक न मिले तो फिर मेरे किस काम के न होंगे।

दर्जी ने आधी सिलाई पेशगी ले ली और कल तैयार कर देने का वादा किया।

अमरनाथ यहां से आश्वस्त होकर मालती की तरफ चले। क़दम आगे बढ़ते थे लेकिन दिल पीछे रहा जाता था। काश, वह उनकी इतनी विनती स्वीकार कर ले कि कल दो घण्टे के लिए उनके वीरान घर को रोशन करे! लेकिन यकीनन वह उन्हें खाली हाथ देखकर मुहं फेर लेगी, सीधे मुहं बात नहीं करेगी, आने का जिक्र ही क्या। एक ही बेमुरौवत है। तो कल आकर देवीजी से अपनी सारी शर्मनाक कहानी बयान कर दूँ? उस भोले चेहरे की निस्स्वार्थ उंमग उनके दिल में एक हलचल पैदा कर रही थी। उन आंखों में कितनी गंभीरता थी, कितनी सच्ची सहानुभूति, कितनी पवित्रता! उसके सीधे-सादे शब्दों में कर्म की ऐसी प्रेरणा थी, कि अमरनाथ का अपने इन्द्रिय-परायण जीवन पर शर्म आ रही थी। अब तक कांच के टुकड़े को हीरा समझकर सीने से लगाये हुए थे। आज उन्हें मालूम हुआ हीरा किसे कहते हैं। उसके सामने वह टुकड़ा तुच्छ मालूम हो रहा था। मालती की वह जादू-भरी चित्तवन, उसकी वह मीठी अदाएं, उसकी शोखियां और नखरे सब जैसे मुलम्मा उड़ जाने के बाद अपनी असली सूरत में नजर आ रहे थे और अमरनाथ के दिल में नफरत पैदा कर रहे थे। वह मालती की तरफ जा रहे थे, उसके दर्शन के लिए नहीं, बल्कि उसके हाथों से अपना दिल छीन लेने के लिए। प्रेम का भिखारी आज अपने भीतर एक विचित्र अनिच्छा का अनुभव कर रहा था। उसे आश्चर्य हो रहा था कि अब तक वह क्यों इतना बेखबर था। वह तिलिस्म जो मालती ने वर्षों के नाज-नखरे, हाव-भाव से बांधा था, आज किसी छू-मन्तर से तार-तार हो गया था।

मालती ने उन्हें खाली हाथ देखकर त्योरियां चढ़ाते हुए कहा-साड़ी लाये या नहीं?

अमरनाथ ने उदासीनता के ढंग से जवाब दिया-नहीं।

मालती ने आश्चर्य से उनकी तरफ देखा-नही! वह उनके मुंह से यह शब्द सुनने की आदी न थी। यहां उसने सम्पूर्ण समर्पण पाया था। उसका इशारा अमरनाथ के लिए भाग्य-लिपि के समान था। बोली-क्यों?

अमरनाथ- क्यों नहीं, नहीं लाये।

मालती- बाजार में मिली न होगी। तुम्हें क्यों मिलने लगी, और मेरे लिए।

अमरनाथ-नहीं साहब, मिली मगर लाया नहीं।

मालती-आख़िर कोई वजह? रुपये मुझसे ले जाते।

अमरनाथ-तुम खामख़ाह जलाती हो। तुम्हारे लिए जान देने को मैं हाज़िर रहा।

मालती-तो शायद तुम्हें रुपये जान से भी ज्यादा प्यारे हों?

अमरनाथ-तुम मुझे बैठने दोगी या नहीं? अमर मेरी सूरत से नफरत हो तो चला जाऊँ!

मालती-तुम्हें आज हो क्या गया है, तुम तो इतने तेज मिजाज के न थे?

अमरनाथ-तुम बातें ही ऐसी कर रही हो।

मालती-तो आखिर मेरी चीज़ क्यों नहीं लाये?

अमरनाथ ने उसकी तरफ़ बड़े वीर-भाव के साथ देखकर कहा-दुकान पर गया, जिल्लत उठायी और साड़ी लेकर चला तो एक औरत ने छीन ली। मैंने कहा, मेरी बीवी की फ़रमाइश है तो बोली-मैं उन्हीं को दूंगी, कल तुम्हारे घर आऊँगी।

मालती ने शरारत-भरी नज़रों से देखते हुए कहा-तो यह कहिए आप दिल हथेली पर लिये फिर रहे थे। एक औरत को देखा और उसके कदमों पर चढ़ा दिया!

अमरनाथ-वह उन औरतों में नहीं, जो दिलों की घात में रहती हैं।

मालती-तो कोई देवी होगी?

अमरनाथ-मै उसे देवी ही समझता हूँ।

मालती-तो आप उस देवी की पूजा कीजिएगा?

अमरनाथ-मुझ जैसे आवारा नौजवान के लिए उस मन्दिर के दरवाजे बन्द हैं।

मालती-बहुत सुन्दर होगी?

अमरनाथ-न सुन्दर है, न रूपवाली, न ऐसी अदाएं कुछ, न मधुर भाषिणी, न तन्वंगी। बिलकुल एक मामूली मासूम लड़की है। लेकिन जब मेरे हाथ से उसने साड़ी छीन ली तो मैं क्या कर सकता हूँ। मेरी गैरत ने तो गवारा न किया कि उसके हाथ से साड़ी छीन लूँ। तुम्हीं इन्साफ करो, वह दिल में क्या कहती?

मालती-तो तुम्हें इसकी ज्यादा परवाह है कि वह अपने दिल में क्या कहेगी। मैं क्या कहूँगी, इसकी जरा भी परवाह न थी! मेरे हाथ से कोई मर्द मेरी कोई चीज़ छीन ले तो देखूं, चाहे वह दूसरा कामदेव ही क्यों न हो।

अमरनाथ-अब इसे चाहे मेरी कायरता समझो, चाहे हिम्मत की कमी, चाहे शराफ़त, मैं उसके हाथ से न छीन सका।

मालती-तो कल वह साड़ी लेकर आयेगी, क्यों?

अमरनाथ-जरूर आयेगी।

मालती-तो जाकर मुंह धो आओ। तुम इतने नादान हो, यह मुझे मालूम न था। साड़ी देकर चले आये, अब कल वह आपको देने आयेगी! कुछ भंग तो नहीं खा गये!

अमरनाथ-खैर, इसका इम्तहान कल ही हो जाएगा, अभी से क्यों बदगुमानी करती हो। तुम शाम को ज़रा देर के लिए मेरे घर तक चली चलना।

मालती-जिससे आप कहें कि यह मेरी बीवी है!

अमरनाथ-मुझे क्या खबर थी कि वह मेरे घर आने के लिए तैयार हो जाएगी, नहीं तो और कोई बहाना कर देता।

मालती-तो आपकी साड़ी आपको मुबारक हो, मैं नहीं जाती।

अमरनाथ-मैं तो रोज तुम्हारे घर आता हूँ, तुम एक दिन के लिए भी नहीं चल सकतीं?

मालती ने निष्ठुरता से कहा-अगर मौक़ा आ जाए तो तुम अपने को मेरा शौहर कहलाना पसन्द करोगे? दिल पर हाथ रखकर कहना।

अमरनाथ दिल में कट गये, बात बनाते हुए बोले-मालती, तुम मेरे साथ अन्याय कर रही हो। बुरा न मानना, मेरे व तुम्हारे बीच प्यार और मुहब्बत दिखलाने के बावजूद एक दूरी का पर्दा पड़ा था। हम दोनों एक-दूसरे की हालत को समझते थे और इस पर्दे का हटाने की कोशिश न करते थे। यह पर्दा हमारे सम्बन्धों की अनिवार्य शर्त था। हमारे बीच एक व्यापारिक समझौता-सा हो गया। हम दोनों उसकी गहराई में जाते हुए डरते थे। नहीं,बल्कि मैं डरता था और तुम जान-बूझकर न जाना चाहती थी। अगर मुझे विश्वास हो जाता कि तुम्हें जीवन-सहचरी बनाकर मैं वह सब कुछ पा जाऊँगा जिसका मैं अपने को अधिकारी समझता हूँ तो मैं अब तक कभी का तुमसे इसकी याचना कर चुका होता! लेकिन तुमने कभी मेरे दिल में यह विश्वास पैदा करने की परवाह न की। मेरे बारे में तुम्हें यह शक है, मैं नहीं कह सकता, तुम्हें यह शक करने का मैं ने कोई मौक़ा नहीं दिया और मैं कह सकता हूँ कि मैं उससे कहीं बेहतर शौहर बन सकता हूँ जितनी तुम बीवी बन सकती हो। मेरे लिए सिर्फ़ एतवार की जरूरत है और तुम्हारे लिए ज्यादा वज़नी और ज्यादा भौतिक चीज़ों की। मेरी स्थायी आमदनी पाँच सौ से ज्यादा नहीं, तुमको इतने में सन्तोष न होगा। मेरे लिए सिर्फ इस इत्मीनान की जरूरत है कि तुम मेरी और सिर्फ मेरी हो। बोलो मंजूर है।

मालती को अमरनाथ पर रहम आ गया। उसकी बातों में जो सच्चाई भरी हुई थी, उससे वह इनकार न कर सकी। उसे यह भी यकीन हो गया कि अमरनाथ की वफ़ा के पैर डगमगायेंगे नहीं। उसे अपने ऊपर इतना भरोसा था कि वह उसे रस्सी से मजबूत जकड़ सकती है, लेकिन खुद जकड़े जाने पर वह अपने को तैयार न कर सकी। उसकी जिन्दगी मुहब्बत की बाजीगरी में, प्रेम के प्रदर्शन में गुजरी थी। वह कभी इस, कभी उस शाख में चहकती फिरती थी, बैकेद, आजाद, बेबन्द। क्या वह चिड़िया पिंजरे में बन्द रह सकती है जिसकी जबान तरह-तरह के मजों की आदी हो गयी हो? क्या वह सूखी रोटी से तृप्त हो सकती है? इस अनुभूति ने उसे पिघला

दिया। बोली-आज तुम बड़ा ज्ञान बघार रहे हो?
अमरनाथ-मैंने तो केवल यथार्थ कहा है।
मालती-अच्छा मैं कल चलूँगी, मगर एक घण्टे से ज्यादा वहां न रहूँगी।
अमरनाथ का दिल शुक्रिये से भर उठा। बोला-मैं तुम्हारा बहुत कृतज्ञ हूँ मालती। अब मेरी आबरू बच जायेगी। नहीं तो मेरे लिए घर से निकलना मुश्किल हो जाता है। अब देखना यह है कि तुम अपना पार्ट कितनी खूबसूरती से अदा करती हो।
मालती-उसकी तरफ़ से तुम इत्मीनान रखो। ब्याह नहीं किया मगर बरातें देखी हैं। मगर मैं डरती हूँ कहीं तुम मुझसे दगा न कर रहे हो। मर्दों का क्या एतबार।
अमरनाथ ने निश्चल भाव से कहा-नहीं मालती, तुम्हारा सन्देह निराधार है। अगर यह जंजीर पैरों में डालने की इच्छा होती तो कभी का डाल चुका होता। फिर मुझ-से वासना के बन्दों का वहां गुज़र हीं कहां।

दूसरे दिन अमरनाथ दस बजे ही दर्जी की दुकान पर जा पहुँचे और सिर पर सवार होकर कपड़े तैयार कराये। फिर घर आकर नये कपड़े पहने और मालती को बुलाने चले। वहां देर हो गयी। उसने ऐसा तनाव-सिंगार किया कि जैसे आज बहुत बड़ा मोर्चा जितना है।
अमरनाथ ने कहा-वह ऐसी सुन्दरी नहीं है जो तुम इतनी तैयारियाँ कर रही हो।
मालती ने बालों में कंघी करते हुए कहा-तुम इन बातों को नहीं समझ सकते, चुपचाप बैठे रहो।
अमरनाथ-लेकिन देर जो हो रही है।
मालती-कोई बात नहीं।
भय की उस सहज आशंका ने, जो स्त्रियों की विशेषता है, मालती को और भी अधिक सर्तक कर दिया था। अब तक उसने कभी अमरनाथ की ओर विशेष रूप से कोई कृपा न की थी। वह उससे काफी उदासीनता का बर्ताव करती थी। लेकिन कल अमरनाथ की भंगिमा से उसे एक संकट की सूचना मिल चुकी थी और वह उस संकट का अपनी पूरी शक्ति से मुकाबला करना चाहती थी। शत्रु को तुच्छ और अपदार्थ समझना स्त्रियों क लिए कठिन है। आज अमरनाथ को अपने हाथ से निकलते वह अपनी पकड़ को मजबूत कर रही थी। अगर इस तरह की उसकी चीजें एक-एक करके निकल गयीं तो फिर वह अपनी प्रतिष्ठा कब तक बनाये रख

सकेगी? जिस चीज पर उसका क़ब्जा है उसकी तरफ़ कोई आंख ही क्यों उठाये। राजा भी तो एक-एक अंगुल जमीन के पीछे जान देता है। वह इस नये शिकारी को हमेशा के लिए अपने रास्ते से हटा देना चाहती थी। उसके जादू को तोड़ देना चाहती थी।

शाम को वह परी जैसी, अपनी नौकरानी और नौकर को साथ लेकर अमरनाथ के घर चली। अमरनाथ ने सुबह दस बजे तक मर्दाने घर को जनानेपन का रंग देने में खर्चा किया था। ऐसी तैयारियां कर रखी थीं जैसे कोई अफ़सर मुआइना करने वाला हो। मालती ने घर में पैर रखा तो उसकी सफ़ाई और सजावट देखकर बहुत खुश हुई। जनाने हिस्से में कई कुर्सियां रखी थीं। बोली-अब लाओ अपनी देवीजी को मगर जल्द आना। वर्ना मैं चली जाऊँगी।

अमरनाथ लपके हुए विलायती दुकान पर गये। आज भी धरना था। तमाशाइयों की वहीं भीड़। वहां देवी जी नहीं। पीछे की तरफ़ गये तो देवी जी एक लड़की के साथ उसी भेस में खड़ी थीं।

अमरनाथ ने कहा-माफ़ कीजिएगा, मुझे देर हो गयी। मैं आपके वादे की याद दिलाने आया हूँ।

देवीजी ने कहा-मैं तो आपका इन्तजार कर रही थी। चलो सुमित्रा, जरा आपके घर हो आयें। कितनी देर है?

अमरनाथ-बहुत पास है। एक तांगा कर लूंगा।

पन्द्रह मिनट में अमरनाथ दोनों को लिये घर पहुँचे। मालती ने देवीजी को देखा और देवीजी ने मालती को। एक किसी रईस का महल था, आलीशान; दूसरी किसी फ़कीर की कुटिया थी, छोटी-सी तुच्छ। रईस के महल में आडम्बर और प्रदर्शन था, फ़कीर की कुटिया में सादगी और सफ़ाई। मालती ने देखा, भोली लड़की है जिसे किसी तरह सुन्दर नहीं कह सकते। पर उसके भोलेपन और सादगी में जो आकर्षण था, उससे वह प्रभावित हुए बिना न रह सकी। देवीजी ने भी देखा, एक बनी-संवरी बेधड़क और घमण्डी औरत है जो किसी न किसी वजह से उस घर में अजनबी-सी मालूम हो रही है जैसे कोई जंगली जानवर पिंजरे में आ गया हो।

अमरनाथ सिर झुकाये मुजरिमों की तरह खड़े थे और ईश्वर से प्रार्थना कर रहे थे कि किसी तरह आज पर्दा रह जाये।

देवी ने आते ही कहा-बहन, आप भी सिर से पांव तक विदेशी कपड़े पहने हुई हैं?

मालती ने अमरनाथ की तरफ़ देखकर कहा-मैं विदेशी और देशी के फेर में नहीं पड़ती। जो यह लाकर देते हैं वह पहनती हूँ। लाने वाले है ये, मैं थोड़े ही बाजार जाती हूँ।

देवी ने शिकायत-भरी आंखों से अमरनाथ की तरफ देखकर कहा-आप तो कहते थे यह इनकी फरमाइश है, मगर आप ही का क़सूर निकल आया।

मालती-मेरे सामने इनसे कुछ मत कहो। तुम बाजार में भी दूसरे मर्दों से बातें कर सकती हो, जब वह बाहर चले जायं तो जितना चाहे कह-सुन लेना। मैं अपने कानों से नहीं सुनना चाहती।

देवीजी-मैं कुछ कहती नहीं और बहनजी, मैं कह ही क्या कर सकती हूँ, कोई जबर्दस्ती तो है नहीं, बस विनती कर सकता हूँ।

मालती-इसका मतलब यह है कि इन्हें अपने देश की भलाई का जरा भी ख्याल नहीं, उसका ठेका तुम्हीं ने ले लिया है। पढ़े-लिखे आदमी हैं, दस आदमी इज़्ज़त करते हैं, अपना नफा-नुकसान समझ सकते हैं। तुम्हारी क्या हिम्मत कि उन्हें उपदेश देने बैठो, या सबसे ज्यादा अक्लमन्द तुम्हीं हो?

देवीजी-आप मेरा मतलब गलत समझ रही हैं बहन।

मालती-हाँ, गलत तो समझूँगी ही, इतनी अक्ल कहां से लाऊँ कि आपकी बातों का मतलब समझूँ! खद्दर की साड़ी पहल ली, झोली लटका ली, एक बिल्ला लगा लिया, बस अब अख्तियार है जहां चाहें आयें-जायें, जिससे चाहें हसें-बोलें, घर में कोई पूछता नहीं तो जेलखाने का भी क्या डर! मैं इसे हुड़दंगापन समझती हूँ, जो शरीफों की बहू-बेटियों को शोभा नहीं देता।

अमरनाथ दिल में कटे जा रहे थे। छिपने के लिए बिल ढूंढ रहे थे। देवी की पेशानी पर जरा बल न था लेकिन आंखें डबडबा रही थीं।

अमरनाथ ने मालती से जरा तेज स्वर में कहा-क्यों खामखाह किसी का दिल दुखाती हो? यह देवियां अपना ऐश-आराम छोड़कर यह काम कर रही हैं, क्या तुम्हें इसकी बिलकुल खबर नहीं?

मालती-रहने दो, बहुत तारीफ़ न करो। जमाने का रंग ही बदला जा रहा है, मैं क्या करूँगी और तुम क्या करोगे। तुम मर्दों ने औरतों को घर में इतनी बुरी तरह कैद किया कि आज वे रस्म-रिवाज, शर्म-हया को छोड़कर निकल आयी हैं और कुछ दिनों में तुम लोगों की हुकूमत का खातमा हुआ जाता है। विलायती और विदेशी तो दिखलाने के लिए हैं, असल में यह आजादी की ख्वाहिश है जो तुम्हें हासिल है। तुम अगर दो-चार शादियाँ कर सकते हो तो औरत क्यों न करें! सच्ची बात यह है, अगर आंखें है तो अब खोलकर देखो। मुझे वह आजादी न चाहिए। यहां तो लाज ढोते हैं और मैं शर्म-हया को अपना सिंगार समझती हूँ।

देवीजी ने अमरनाथ की तरफ फ़रियाद की आंखों से देखकर कहा-बहन ने औरतों को जलील करने की क़सम खा ली है। मैं बड़ी-बड़ी उम्मीदें लेकर आयी थी, मगर

शायद यहां से नाकाम जाना पड़ेगा।

अमरनाथ ने वह साड़ी उसको देते हुए कहा-नहीं, बिलकुल नाकाम तो आप नहीं जायेंगी, हां, जैसी कामयाबी की आपको उम्मीद थी वह न होगी।

मालती ने डपटते हुए कहा-वह मेरी साड़ी है, तुम उसे नहीं दे सकते।

अमरनाथ ने शर्मिन्दा होते हुए कहा-अच्छी बात है, न दूंगा। देवीजी, ऐसी हालत में तो शायद आप मुझे माफ करेंगी।

देवीजी चली गयी तो अमरनाथ ने त्योरियाँ बदलकर कहा-यह तुमने आज मेरे मुंह में कालिख लगा दी। तुम इतनी बदतमीज और बदजबान हो, मुझे मालूम न था।

मालती ने रोषपूर्ण स्वर में कहा-तो अपनी साड़ी उसे दे देती? मैंने ऐसी कच्ची गोलियां नहीं खेली। अब तो बदतमीज भी हूँ, बदज़बान भी, उस दिन इन बुराइयों में से एक भी न थी जब मेरी जूतियां सीधी करते थे? इस छोकरी ने मोहिनी डाल दी। जैसी रूह वैसे फरिश्ते। मुबारक हो।

यह कहती हुई मालती बाहर निकली। उसने समझा था जबान चलाकर और ताक़त से वह उस लड़की को उखाड़ फेंकेगी लेकिन जब मालूम हुआ कि अमरनाथ आसानी से क़ाबू में आने वाला नहीं तो उसने फटकार बताई। इन दामों अगर अमरनाथ मिल सकता था तो बुरा न था। उससे ज्यादा कीमत वह उसके लिए दे न सकती थी।

अमरनाथ उसके साथ दरवाजे तक आये जब वह तांगे पर बैठी तो बिनती करते हुए बोले-यह साड़ी दे दो न मालती, मैं तुम्हें कल इससे अच्छी साड़ी ला दूँगा।

मगर मालती ने रूखेपन से कहा-यह साड़ी तो अब लाख रुपये पर भी नहीं दे सकती।

अमरनाथ ने त्यौरियां बदलकर जवाब दिया-अच्छी बात है, ले जाओ मगर समझ लो यह मेरा आखिरी तोहफ़ा है।

मालती ने होंठ चढ़ाकर कहा-इसकी परवाह नहीं। तुम्हारे बगैर मैं मर नहीं जाऊँगी, इसका तुम्हें यकीन दिलाती हूँ!

# 8

# आखिरी मंजिल

आह ? आज तीन साल गुजर गए, यही मकान है, यही बाग है, यही गंगा का किनारा, यही संगमरमर का हौज। यही मैं हूँ और यही दरोदीवार। मगर इन चीजों से दिल पर कोई असर नहीं होता। वह नशा जो गंगा की सुहानी और हवा के दिलकश झौंकों से दिल पर छा जाता था। उस नशे के लिए अब जी तरस-जरस के रह जाता है। अब वह दिल नही रहा। वह युवती जो जिंदगी का सहारा थी अब इस दुनिया में नहीं है।

मोहिनी ने बड़ा आकर्षक रूप पाया था। उसके सौंदर्य में एक आश्चर्यजनक बात थी। उसे प्यार करना मुश्किल था, वह पूजने के योग्य थी। उसके चेहरे पर हमेशा एक बड़ी लुभावनी आत्मिकता की दीप्ति रहती थी। उसकी आंखे जिनमें लाज और गंभीरता और पवित्रता का नशा था, प्रेम का स्रोत थी। उसकी एक-एक चितवन, एक-एक क्रिया; एक-एक बात उसके हृदय की पवित्रता और सच्चाई का असर दिल पर पैदा करती थी। जब वह अपनी शर्मीली आंखों से मेरी ओर ताकती तो उसका आकर्षण और असकी गर्मी मेरे दिल में एक ज्वारभाटा सा पैदा कर देती थी। उसकी आंखों से आत्मिक भावों की किरनें निकलती थीं मगर उसके होठों प्रेम की बानी से अपरिचित थे। उसने कभी इशारे से भी उस अथाह प्रेम को व्यक्त नहीं किया जिसकी लहरों में वह खुद तिनके की तरह बही जाती थी। उसके प्रेम की कोई सीमा न थी। वह प्रेम जिसका लक्ष्य मिलन है, प्रेम नहीं वासना है। मोहिनी का प्रेम वह प्रेम था जो मिलने में भी वियोग के मजे लेता है। मुझे खूब याद है एक बार जब उसी हौज के किनारे चाँदनी रात में मेरी प्रेम – भरी बातों से विभोर होकर उसने कहा था-आह ! वह आवाज अभी मेरे हृदय पर अंकित है, 'मिलन प्रेम का आदि है अंत नहीं।' प्रेम की समस्या पर इससे ज्यादा शनदार, इससे ज्यादा ऊंचा ख्याल कभी

मेरी नजर में नहीं गुजरा। वह प्रेम जो चितावनो से पैदा होता है और वियोग में भी हरा-भरा रहता है, वह वासना के एक झोंके को भी बर्दाश्त नहीं कर सकता। संभव है कि यह मेरी आत्मस्तुति हो मगर वह प्रेम, जो मेरी कमजोरियों के बावजूद मोहिनी को मुझसे था उसका एक कतरा भी मुझे बेसुध करने के लिए काफी था। मेरा हृदय इतना विशाल ही न था, मुझे आश्चर्य होता था कि मुझमें वह कौन-सा गुण था जिसने मोहिनी को मेरे प्रति प्रेम से विह्वल कर दिया था। सौन्दर्य, आचरण की पवित्रता, मर्दानगी का जौहर यही वह गुण हैं जिन पर मुहब्बत निछावर होती है। मगर मैं इनमें से एक पर भी गर्व नहीं कर सकता था। शायद मेरी कमजोरियाँ ही उस प्रेम की तड़प का कारण थीं।

मोहिनी में वह अदायें न थीं जिन पर रंगीली तबीयतें फिदा हो जाया करती हैं। तिरछी चितवन, रूप-गर्व की मस्ती भरी हुई आंखें, दिल को मोह लेने वाली मुस्कराहट, चंचल वाणी, उनमें से कोई चीज यहाँ न थी! मगर जिस तरह चाँद की मद्धिम सुहानी रोशनी में कभी-कभी फुहारें पड़ने लगती हैं, उसी तरह निश्छल प्रेम में उसके चेहरे पर एक मुस्कराहट कौंध जाती और आंखें नम हो जातीं। यह अदा न थी, सच्चे भावों की तस्वीर थी जो मेरे हृदय में पवित्र प्रेम की खलबली पैदा कर देती थी।

शाम का वक्त था, दिन और रात गले मिल रहे थे। आसमान पर मतवाली घटायें छाई हुई थीं और मैं मोहिनी के साथ उसी हौज के किनारे बैठा हुआ था। ठण्डी-ठण्डी बयार और मस्त घटायें हृदय के किसी कोने में सोते हुए प्रेम के भाव को जगा दिया करती हैं। वह मतवालापन जो उस वक्त हमारे दिलों पर छाया हुआ था उस पर मैं हजारों होशमंदियों को कुर्बान कर सकता हूँ। ऐसा मालूम होता था कि उस मस्ती के आलम में हमारे दिल बेताब होकर आंखों से टपक पड़ेंगे। आज मोहिनी की जबान भी संयम की बेड़ियों से मुक्त हो गई थी और उसकी प्रेम में डूबी हुई बातों से मेरी आत्मा को जीवन मिल रहा था।

एकाएक मोहिनी ने चौंककर गंगा की तरफ देखा। हमारे दिलों की तरह उस वक्त गंगा भी उमड़ी हुई थी।

पानी की उस उद्विग्न उठती-गिरती सतह पर एक दिया बहता हुआ चला जाता था और और उसका चमकता हुआ अक्स थिरकता और नाचता एक पुच्छल तारे की

तरह पानी को आलोकित कर रहा था। आह! उस नन्ही-सी जान की क्या बिसात थी! कागज के चंद पुर्जे, बांस की चंद तीलियां, मिट्टी का एक दिया कि जैसे किसी की अतृप्त लालसाओं की समाधि थी जिस पर किसी दुख बँटानेवाले ने तरस खाकर एक दिया जला दिया था मगर वह नन्हीं-सी जान जिसके अस्तित्व का कोई ठिकाना न था, उस अथाह सागर में उछलती हुई लहरों से टकराती, भँवरों से हिलकोरें खाती, शोर करती हुई लहरों को रौंदती चली जाती थी। शायद जल देवियों ने उसकी निर्बलता पर तरस खाकर उसे अपने आंचलों में छुपा लिया था।

जब तक वह दिया झिलमिलाता और टिमटिमाता, हमदर्द लहरों से झकोरे लेता दिखाई दिया। मोहिनी टकटकी लगाये खोयी-सी उसकी तरफ ताकती रही। जब वह आंख से ओझल हो गया तो वह बेचैनी से उठ खड़ी हुई और बोली- मैं किनारे पर जाकर उस दिये को देखूँगी।

जिस तरह हलवाई की मनभावन पुकार सुनकर बच्चा घर से बाहर निकल पड़ता है और चाव-भरी आंखों से देखता और अधीर आवाजों से पुकारता उस नेमत के थाल की तरफ दौड़ता है, उसी जोश और चाव के साथ मोहिनी नदी के किनारे चली।

बाग से नदी तक सीढ़ियाँ बनी हुई थीं। हम दोनों तेजी के साथ नीचे उतरे और किनारे पहुँचते ही मोहिनी ने खुशी के मारे उछलकर जोर से कहा-अभी है! अभी है! देखो वह निकल गया!

वह बच्चों का-सा उत्साह और उद्विग्न अधीरता जो मोहिनी के चेहरे पर उस समय थी, मुझे कभी न भूलेगी। मेरे दिल में सवाल पैदा हुआ, उस दिये से ऐसा हार्दिक संबंध, ऐसी विह्वलता क्यों? मुझ जैसा कवित्वशून्य व्यक्ति उस पहेली को जरा भी न बूझ सका।

मेरे हृदय में आशंकाएं पैदा हुई। अंधेरी रात है, घटायें उमड़ी हुई, नदी बाढ़ पर, हवा तेज, यहाँ इस वक्त ठहरना ठीक नहीं। मगर मोहिनी! वह चाव-भरे भोलेपन की तस्वीर, उसी दिये की तरफ आँखें लगाये चुपचाप खड़ी थी और वह उदास दिया ज्यों हिलता मचलता चला जाता था, न जाने कहाँ किस देश!

मगर थोड़ी देर के बाद वह दिया आँखों से ओझल हो गया। मोहिनी ने निराश स्वर में पूछा-गया! बुझ गया होगा?

और इसके पहले कि मैं जवाब दूँ वह उस डोंगी के पास चली गई, जिस पर बैठकर हम कभी-कभी नदी की सैरें किया करते थे, और प्यार से मेरे गले लिपटकर बोली- मैं उस दिये को देखने जाऊँगी कि वह कहाँ जा रहा है, किस देश को।

यह कहते-कहते मोहिनी ने नाव की रस्सी खोल ली। जिस तरह पेड़ों की डालियाँ तूफान के झोंकों से झंकोले खाती हैं उसी तरह यह डोंगी डॉवाडोल हो रही थी। नदी

का वह डरावना विस्तार, लहरों की वह भयानक छलाँगें, पानी की वह गरजती हुई आवाज, इस खौफनाक अंधेरे में इस डोंगी का बेड़ा क्योंकर पार होगा! मेरा दिल बैठ गया। क्या उस अभागे की तलाश में यह किश्ती भी डूबेगी! मगर मोहिनी का दिल उस वक्त उसके बस में न था। उसी दिये की तरह उसका हृदय भी भावनाओं की विराट, लहरों भरी, गरजती हुई नदी में बहा जा रहा था। मतवाली घटायें झुकती चली आती थीं कि जैसे नदी के गले मिलेंगी और वह काली नदी यों उठती थी कि जैसे बदलों को छू लेंगी। डर के मारे आँखें मुंदी जाती थीं। हम तेजी के साथ उछलते, कगारों के गिरने की आवाजें सुनते, काले-काले पेड़ों का झूमना देखते चले जाते थे। आबादी पीछे छूट गई, देवताओं को बस्ती से भी आगे निकल गये। एकाएक मोहिनी चौंककर उठ खड़ी हुई और बोली- अभी है! अभी है! देखों वह जा रहा है। मैंने आंख उठाकर देखा, वह दिया ज्यों का त्यों हिलता-मचलता चला जाता था।

उस दिये को देखते हम बहुत दूर निकल गए। मोहिनी ने यह राग अलापना शुरू किया:

मैं साजन से मिलन चली

कैसा तड़पा देने वाला गीत था और कैसी दर्दभरी रसीली आवाज। प्रेम और आंसुओं में डूबी हुई। मोहक गीत में कल्पनाओं को जगाने की बड़ी शक्ति होती है। वह मनुष्य को भौतिक संसार से उठाकर कल्पनालोक में पहुँचा देता है। मेरे मन की आंखों में उस वक्त नदी की पुरशोर लहरें, नदी किनारे की झूमती हुई डालियाँ, सनसनाती हुई हवा सबने जैसे रूप धर लिया था और सब की सब तेजी से कदम उठाये चली जाती थीं, अपने साजन से मिलने के लिए। उत्कंठा और प्रेम से झूमती हुई ऐ युवती की धुंधली सपने-जैसी तस्वीर हवा में, लहरों में और पेड़ों के झुरमुट में चली जाती दिखाई देती और कहती थी- साजन से मिलने के लिए! इस गीत ने सारे दृश्य पर उत्कंठा का जादू फूंक दिया।

मैं साजन से मिलन चली
साजन बसत कौन सी नगरी मैं बौरी ना जानूँ
ना मोहे आस मिलन की उससे ऐसी प्रीत भली
मैं साजन से मिलन चली

मोहिनी खामोश हुई तो चारों तरफ सन्नाटा छाया हुआ था और उस सन्नाटे में एक

बहुत मद्धिम, रसीला स्वप्निल-स्वर क्षितिज के उस पार से या नदी के नीचे से या हवा के झोंकों के साथ आता हुआ मन के कानों को सुनाई देता था।

मैं साजन से मिलन चली

मैं इस गीत से इतना प्रभावित हुआ कि जरा देर के लिए मुझे खयाल न रहा कि कहाँ हूँ और कहाँ जा रहा हूँ। दिल और दिमाग में वही राग गूँज रहा था। अचानक मोहिनी ने कहा-उस दिये को देखो। मैंने दिये की तरफ देखा। उसकी रोशनी मंद हो गई थी और आयु की पूंजी खत्म हो चली थी। आखिर वह एक बार जरा भभका और बुझ गया। जिस तरह पानी की बूँद नदी में गिरकर गायब हो जाती है, उसी तरह अंधेरे के फैलाव में उस दिये की हस्ती गायब हो गई ! मोहिनी ने धीमे से कहा, अब नहीं दिखाई देता! बुझ गया! यह कहकर उसने एक ठण्डी सांस ली। दर्द उमड़ आया। आँसुओं से गला फंस गया, जबान से सिर्फ इतना निकला, क्या यही उसकी आखिरी मंजिल थी? और आँखों से आँसू गिरने लगे।

मेरी आँखों के सामने से पर्दा-सा हट गया। मोहिनी की बेचैनी और उत्कंठा, अधीरता और उदासी का रहस्य समझ में आ गया और बरबस मेरी आंखों से भी आँसू की चंद बूंदें टपक पड़ीं। क्या उस शोर-भरे, खतरनाक, तूफानी सफर की यही आखिरी मंजिल थी?

दूसरे दिन मोहिनी उठी तो उसका चेहरा पीला था। उसे रात भर नींद नहीं आई थी। वह कवि स्वभाव की स्त्री थी। रात की इस घटना ने उसके दर्द-भरे भावुक हृदय पर बहुत असर पैदा किया था। हँसी उसके होंठों पर यूँ ही बहुत कम आती थी, हाँ चेहरा खिला रहता थां आज से वह हँसमुखपन भी बिदा हो गया, हरदम चेहरे पर एक उदासी-सी छायी रहती और बातें ऐसी जिनसे हृदय छलनी होता था और रोना आता था। मैं उसके दिल को इन ख्यालों से दूर रखने के लिए कई बार हँसाने वाले किस्से लाया मगर उसने उन्हें खोलकर भी न देखा। हाँ, जब मैं घर पर न होता तो वह कवि की रचनाएं देखा करती मगर इसलिए नहीं कि उनके पढ़ने से कोई आनन्द मिलता था बल्कि इसलिए कि उसे रोने के लिए खयाल मिल जाता था और वह कविताएँ जो उस जमाने में उसने लिखीं दिल को पिघला देने वाले दर्द-भरे गीत हैं। कौन ऐसा व्यक्ति है जो उन्हें पढ़कर अपने आँसू रोक लेगा। वह कभी-कभी अपनी कविताएँ मुझे सुनाती और जब मैं दर्द में डूबकर उनकी प्रशंसा करता तो मुझे उसकी आँखों में आत्मा के उल्लास का नशा दिखाई पड़ता। हँसी-दिल्लगी और रंगीनी मुमकिन है कुछ लोगों के दिलों पर असर पैदा कर सके मगर वह कौन-सा दिल है जो दर्द के भावों से पिघल न जाएगा।

एक रोज हम दोनों इसी बाग की सैर कर रहे थे। शाम का वक्त था और चैत

का महीना। मोहिनी की तबियत आज खुश थी। बहुत दिनों के बाद आज उसके होंठों पर मुस्कराहट की झलक दिखाई दी थी। जब शाम हो गई और पूरनमासी का चाँद गंगा की गोद से निकलकर ऊपर उठा तो हम इसी हौज के किनारे बैठ गए। यह मौलसिरियों की कतार ओर यह हौज मोहिनी की यादगार हैं। चाँदनी में बिसात आयी और चौपड़ होने लगी। आज तबियत की ताजगी ने उसके रूप को चमका दिया था और उसकी मोहक चपलतायें मुझे मतवाला किये देती थीं। मैं कई बाजियाँ खेला और हर बार हारा। हारने में जो मजा था वह जीतने में कहाँ। हल्की-सी मस्ती में जो मजा है वह छकने और मतवाला होने में नहीं।

चाँदनी खूब छिटकी हुई थी। एकाएक मोहिनी ने गंगा की तरफ देखा और मुझसे बोली, वह उस पार कैसी रोशनी नजर आ रही है? मैंने भी निगाह दौड़ाई, चिता की आग जल रही थी लेकिन मैंने टालकर कहा- साँझी खाना पका रहे हैं।

मोहिनी को विश्वास नहीं हुआ। उसके चेहरे पर एक उदास मुस्कराहट दिखाई दी और आँखें नम हो गईं। ऐसे दुख देने वाले दृश्य उसके भावुक और दर्दमंद दिल पर वही असर करते थे जो लू की लपट फूलों के साथ करती है।

थोड़ी देर तक वह मौन, निश्चला बैठी रही फिर शोकभरे स्वर में बोली-'अपनी आखिरी मंजिल पर पहुँच गया!'

# 9

# आत्म-संगीत

आधी रात थी। नदी का किनारा था। आकाश के तारे स्थिर थे और नदी में उनका प्रतिबिम्ब लहरों के साथ चंचल। एक स्वर्गीय संगीत की मनोहर और जीवनदायिनी, प्राण-पोषिणी ध्वनियाँ इस निस्तब्ध और तमोमय दृश्य पर इस प्रकाश छा रही थी, जैसे हृदय पर आशाएँ छायी रहती हैं, या मुखमंडल पर शोक।
रानी मनोरमा ने आज गुरु-दीक्षा ली थी। दिन-भर दान और व्रत में व्यस्त रहने के बाद मीठी नींद की गोद में सो रही थी। अकस्मात् उसकी आँखें खुलीं और ये मनोहर ध्वनियाँ कानों में पहुँची। वह व्याकुल हो गयी—जैसे दीपक को देखकर पतंग; वह अधीर हो उठी, जैसे खाँड़ की गंध पाकर चींटी। वह उठी और द्वारपालों एवं चौकीदारों की दृष्टियाँ बचाती हुई राजमहल से बाहर निकल आयी—जैसे वेदनापूर्ण क्रन्दन सुनकर आँखों से आँसू निकल जाते हैं।
सरिता-तट पर कँटीली झाड़िया थीं। ऊँचे कगारे थे। भयानक जंतु थे। और उनकी डरावनी आवाजें! शव थे और उनसे भी अधिक भयंकर उनकी कल्पना। मनोरमा कोमलता और सुकुमारता की मूर्ति थी। परंतु उस मधुर संगीत का आकर्षण उसे तन्मयता की अवस्था में खींचे लिया जाता था। उसे आपदाओं का ध्यान न था। वह घंटों चलती रही, यहाँ तक कि मार्ग में नदी ने उसका गतिरोध किया।

2

मनोरमा ने विवश होकर इधर-उधर दृष्टि दौड़ायी। किनारे पर एक नौका दिखाई दी। निकट जाकर बोली—माँझी, मैं उस पार जाऊँगी, इस मनोहर राग ने मुझे व्याकुल कर दिया है।

मॉझी—रात को नाव नहीं खोल सकता। हवा तेज है और लहरें डरावनी। जान-जोखिम हैं

मनोरमा—मैं रानी मनोरमा हूँ। नाव खोल दे, मुँहमॉगी मजदूरी दूँगी।

मॉझी—तब तो नाव किसी तरह नहीं खोल सकता। रानियों का इस में निबाह नहीं।

मनोरमा—चौधरी, तेरे पॉव पड़ती हूँ। शीघ्र नाव खोल दे। मेरे प्राण खिंचे चले जाते हैं।

मॉझी—क्या इनाम मिलेगा?

मनोरमा—जो तू मॉगे।

'मॉझी—आप ही कह दें, गँवार क्या जानूँ, कि रानियों से क्या चीज मॉगनी चाहिए। कहीं कोई ऐसी चीज न मॉग बैठूँ, जो आपकी प्रतिष्ठा के विरुद्ध हो?

मनोरमा—मेरा यह हार अत्यन्त मूल्यवान है। मैं इसे खेवे में देती हूँ। मनोरमा ने गले से हार निकाला, उसकी चमक से मॉझी का मुख-मंडल प्रकाशित हो गया—वह कठोर, और काला मुख, जिस पर झुर्रियाँ पड़ी थी।

अचानक मनोरमा को ऐसा प्रतीत हुआ, मानों संगीत की ध्वनि और निकट हो गयी हो। कदाचित कोई पूर्ण ज्ञानी पुरुष आत्मानंद के आवेश में उस सरिता-तट पर बैठा हुआ उस निस्तब्ध निशा को संगीत-पूर्ण कर रहा है। रानी का हृदय उछलने लगा। आह ! कितना मनोमुग्धकर राग था ! उसने अधीर होकर कहा—मॉझी, अब देर न कर, नाव खोल, मैं एक क्षण भी धीरज नहीं रख सकती।

मॉझी—इस हार हो लेकर मैं क्या करूँगा?

मनोरमा—सच्चे मोती हैं।

मॉझी—यह और भी विपत्ति हैं मॉझिन गले में पहन कर पड़ोसियों को दिखायेगी, वह सब डाह से जलेंगी, उसे गालियॉं देंगी। कोई चोर देखेगा, तो उसकी छाती पर सॉप लोटने लगेगा। मेरी सुनसान झोपड़ी पर दिन-दहाड़े डाका पड़ जायगा। लोग चोरी का अपराध लगायेंगे। नहीं, मुझे यह हार न चाहिए।

मनोरमा—तो जो कुछ तू मॉग, वही दूँगी। लेकिन देर न कर। मुझे अब धैर्य नहीं है। प्रतीक्षा करने की तनिक भी शक्ति नहीं हैं। इन राग की एक-एक तान मेरी आत्मा को तड़पा देती है।

मॉझी—इससे भी अच्दी कोई चीज दीजिए।

मनोरमा—अरे निर्दयी! तू मुझे बातों में लगाये रखना चाहता हैं मैं जो देती है, वह लेता नहीं, स्वयं कुछ मॉगता नही। तुझे क्या मालूम मेरे हृदय की इस समय क्या दशा हो रही है। मैं इस आत्मिक पदार्थ पर अपना सर्वस्व न्यौछावर कर सकती हूँ।

मॉझी—और क्या दीजिएगा?

मनोरमा—मेरे पास इससे बहुमूल्य और कोई वस्तु नहीं है, लेकिन तू अभी नाव खोल दे, तो प्रतिज्ञा करती हूँ कि तुझे अपना महल दे दूँगी, जिसे देखने के लिए कदाचित तू भी कभी गया हो। विशुद्ध श्वेत पत्थर से बना है, भारत में इसकी तुलना नहीं।

माँझी—(हँस कर) उस महल में रह कर मुझे क्या आनन्द मिलेगा? उलटे मेरे भाई-बंधु शत्रु हो जायँगे। इस नौका पर अँधेरी रात में भी मुझे भय न लगता। आँधी चलती रहती है, और मैं इस पर पड़ा रहता हूँ। किंतु वह महल तो दिन ही में फाड़ खायगा। मेरे घर के आदमी तो उसके एक कोने में समा जायँगे। और आदमी कहाँ से लाऊँगा; मेरे नौकर-चाकर कहाँ? इतना माल-असबाब कहाँ? उसकी सफाई और मरम्मत कहाँ से कराऊँगा? उसकी फुलवारियाँ सूख जायँगी, उसकी क्यारियों में गीदड़ बोलेंगे और अटारियों पर कबूतर और अबाबीलें घोंसले बनायेंगी।

मनोरमा अचानक एक तन्मय अवस्था में उछल पड़ी। उसे प्रतीत हुआ कि संगीत निकटतर आ गया है। उसकी सुन्दरता और आनन्द अधिक प्रखर हो गया था—जैसे बत्ती उकसा देने से दीपक अधिक प्रकाशवान हो जाता है। पहले चित्ताकर्षक था, तो अब आवेशजनक हो गया था। मनोरमा ने व्याकुल होकर कहा—आह! तू फिर अपने मुँह से क्यों कुछ नहीं माँगता? आह! कितना विरागजनक राग है, कितना विह्वल करने वाला! मैं अब तनिक धीरज नहीं धर सकती। पानी उतार में जाने के लिए जितना व्याकुल होता है, श्वास हवा के लिए जितनी विकल होती है, गंध उड़ जाने के लिए जितनी व्याकुल होती है, मैं उस स्वर्गीय संगीत के लिए उतनी व्याकुल हूँ। उस संगीत में कोयल की-सी मस्ती है, पपीहे की-सी वेदना है, श्यामा की-सी विह्वलता है, इससे झरनों का-सा जोर है, आँधी का-सा बल! इसमें वह सब कुछ है, इससे विवेकाग्नि प्रज्ज्वलित होती, जिससे आत्मा समाहित होती है, और अंतःकरण पवित्र होता है। माँझी, अब एक क्षण का भी विलम्ब मेरे लिए मृत्यु की यंत्रणा है। शीघ्र नौका खोल। जिस सुमन की यह सुगंध है, जिस दीपक की यह दीप्ति है, उस तक मुझे पहुँचा दे। मैं देख नहीं सकती इस संगीत का रचयिता कहीं निकट ही बैठा हुआ है, बहुत निकट।

माँझी—आपका महल मेरे काम का नहीं है, मेरी झोपड़ी उससे कहीं सुहावनी है।

मनोरमा—हाय! तो अब तुझे क्या दूँ? यह संगीत नहीं है, यह इस सुविशाल क्षेत्र की पवित्रता है, यह समस्त सुमन-समूह का सौरभ है, समस्त मधुरताओं की माधुरताओं की माधुरी है, समस्त अवस्थाओं का सार है। नौका खोल। मैं जब तक जीऊँगी, तेरी सेवा करूँगी, तेरे लिए पानी भरूँगी, तेरी झोपड़ी बहारूँगी। हाँ, मैं तेरे मार्ग के कंकड़ चुनूँगी, तेरे झोंपड़े को फूलों से सजाऊँगी, तेरी माँझिन के पैर मलूँगी।

प्यारे माँझी, यदि मेरे पास सौ जानें होती, तो मैं इस संगीत के लिए अर्पण करती। ईश्वर के लिए मुझे निराश न कर। मेरे धैर्य का अन्तिम बिंदु शुष्क हो गया। अब इस चाह में दाह है, अब यह सिर तेरे चरणों में है।

यह कहते-कहते मनोरमा एक विक्षिप्त की अवस्था में माँझी के निकट जाकर उसके पैरों पर गिर पड़ी। उसे ऐसा प्रतीत हुआ, मानों वह संगीत आत्मा पर किसी प्रज्ज्वलित प्रदीप की तरह ज्योति बरसाता हुआ मेरी ओर आ रहा है। उसे रोमांच हो आया। वह मस्त होकर झूमने लगी। ऐसा ज्ञात हुआ कि मैं हवा में उड़ी जाती हूँ। उसे अपने पार्श्व-देश में तारे झिलमिलाते हुए दिखायी देते थे। उस पर एक आमविस्मृत का भावावेश छा गया और अब वही मस्ताना संगीत, वही मनोहर राग उसके मुँह से निकलने लगा। वही अमृत की बूँदें, उसके अधरों से टपकने लगीं। वह स्वयं इस संगीत की स्रोत थी। नदी के पास से आने वाली ध्वनियाँ, प्राणपोषिणी ध्वनियाँ उसी के मुँह से निकल रही थीं।

मनोरमा का मुख-मंडल चन्द्रमा के तरह प्रकाशमान हो गया था, और आँखों से प्रेम की किरणें निकल रही थीं।

# 10

# आत्माराम

वेदों-ग्राम में महादेव सोनार एक सुविख्यात आदमी था। वह अपने सायबान में प्रातः से संध्या तक अँगीठी के सामने बैठा हुआ खटखट किया करता था। यह लगातार ध्वनि सुनने के लोग इतने अभ्यस्त हो गये थे कि जब किसी कारण से वह बंद हो जाती, तो जान पड़ता था, कोई चीज गायब हो गयी। वह नित्य-प्रति एक बार प्रातःकाल अपने तोते का पिंजड़ा लिए कोई भजन गाता हुआ तालाब की ओर जाता था। उस धँधले प्रकाश में उसका जर्जर शरीर, पोपला मुँह और झुकी हुई कमर देखकर किसी अपरिचित मनुष्य को उसके पिशाच होने का भ्रम हो सकता था। ज्यों ही लोगों के कानों में आवाज आती—'सत्त गुरुदत्त शिवदत्त दाता,' लोग समझ जाते कि भोर हो गयी।

महादेव का पारिवारिक जीवन सूखमय न था। उसके तीन पुत्र थे, तीन बहुएँ थीं, दर्जनों नाती-पाते थे, लेकिन उसके बोझ को हल्का करने-वाला कोई न था। लड़के कहते—'तब तक दादा जीते हैं, हम जीवन का आनंद भोग ले, फिर तो यह ढोल गले पड़ेगी ही।' बेचारे महादेव को कभी-कभी निराहार ही रहना पड़ता। भोजन के समय उसके घर में साम्यवाद का ऐसा गगनभेदी निर्घोष होता कि वह भूखा ही उठ आता, और नारियल का हुक्का पीता हुआ सो जाता। उनका व्यापसायिक जीवन और भी आशांतिकारक था। यद्यपि वह अपने काम में निपुण था, उसकी खटाई औरों से कहीं ज्यादा शुद्धिकारक और उसकी रासयनिक क्रियाएँ कहीं ज्यादा कष्टसाध्य थीं, तथापि उसे आये दिन शक्की और धैर्य-शून्य प्राणियों के अपशब्द सुनने पड़ते थे, पर महादेव अविचिलित गाम्भीर्य से सिर झुकाये सब कुछ सुना करता था। ज्यों ही यह कलह शांत होता, वह अपने तोते की ओर देखकर पुकार उठता—'सत्त गुरुदत्त शिवदत्तदाता।' इस मंत्र को जपते ही उसके चित्त को पूर्ण शांति प्राप्त हो

जाती थी।

एक दिन संयोगवश किसी लड़के ने पिंजड़े का द्वार खोल दिया। तोता उड़ गया। महादेव ने सिह उठाकर जो पिंजड़े की ओर देखा, तो उसका कलेजा सन्न-से हो गया। तोता कहाँ गया। उसने फिर पिंजड़े को देखा, तोता गायब था। महादेव घबड़ा कर उठा और इधर-उधर खपरैलों पर निगाह दौड़ाने लगा। उसे संसार में कोई वस्तु अगर प्यारी थी, तो वह यही तोता। लड़के-बालों, नाती-पोतों से उसका जी भर गया था। लड़को की चुलबुल से उसके काम में विघ्न पड़ता था। बेटों से उसे प्रेम न था; इसलिए नहीं कि वे निकम्मे थे; बल्कि इसलिए कि उनके कारण वह अपने आनंददायी कुल्हड़ों की नियमित संख्या से वंचित रह जाता था। पड़ोसियों से उसे चिढ़ थी, इसलिए कि वे अँगीठी से आग निकाल ले जाते थे। इन समस्त विघ्न-बाधाओं से उसके लिए कोई पनाह थी, तो यही तोता था। इससे उसे किसी प्रकार का कष्ट न होता था। वह अब उस अवस्था में था जब मनुष्य को शांति भोग के सिवा और कोई इच्छा नहीं रहती।

तोता एक खपरैल पर बैठा था। महादेव ने पिंजरा उतार लिया और उसे दिखाकर कहने लगा—'आ आ' सत्त गुरुदत्त शिवदाता।' लेकिन गाँव और घर के लड़के एकत्र हो कर चिल्लाने और तालियाँ बजाने लगे। ऊपर से कौओं ने काँव-काँव की रट लगायी? तोता उड़ा और गाँव से बाहर निकल कर एक पेड़ पर जा बैठा। महादेव खाली पिंजडा लिये उसके पीछे दौड़ा, सो दौड़ा। लोगो को उसकी द्रुतिगामिता पर अचम्भा हो रहा था। मोह की इससे सुन्दर, इससे सजीव, इससे भावमय कल्पना नहीं की जा सकती।

दोपहर हो गयी थी। किसान लोग खेतों से चले आ रहे थे। उन्हें विनोद का अच्छा अवसर मिला। महादेव को चिढ़ाने में सभी को मजा आता था। किसी ने कंकड़ फेंके, किसी ने तालियाँ बजायीं। तोता फिर उड़ा और वहाँ से दूर आम के बाग में एक पेड़ की फुनगी पर जा बैठा । महादेव फिर खाली पिंजड़ा लिये मेंढक की भाँति उचकता चला। बाग में पहुँचा तो पैर के तलुओं से आग निकल रही थी, सिर चक्कर खा रहा था। जब जरा सावधान हुआ, तो फिर पिंजड़ा उठा कर कहने लगे—'सत्त गुरुदत्त शिवदत्त दाता' तोता फुनगी से उतर कर नीचे की एक डाल पी आ बैठा, किन्तु महादेव की ओर सशंक नेत्रों से ताक रहा था। महादेव ने समझा, डर रहा है। वह पिंजड़े को छोड़ कर आप एक दूसरे पेड़ की आड़ में छिप गया। तोते ने चारों

ओर गौर से देखा, निश्शंक हो गया, अतरा और आ कर पिंजड़े के ऊपर बैठ गया। महादेव का हृदय उछलने लगा। 'सत्त गुरुदत्त शिवदत्त दाता' का मंत्र जपता हुआ धीरे-धीरे तोते के समीप आया और लपका कि तोते को पकड़ लें, किन्तु तोता हाथ न आया, फिर पेड़ पर आ बैठा।

शाम तक यही हाल रहा। तोता कभी इस डाल पर जाता, कभी उस डाल पर। कभी पिंजड़े पर आ बैठता, कभी पिंजड़े के द्वार पर बैठे अपने दाना-पानी की प्यालियों को देखता, और फिर उड़ जाता। बुड्ढा अगर मूर्तिमान मोह था, तो तोता मूर्तिमयी माया। यहाँ तक कि शाम हो गयी। माया और मोह का यह संग्राम अंधकार में विलीन हो गया।

रात हो गयी ! चारों ओर निबिड़ अंधकार छा गया। तोता न जाने पत्तों में कहाँ छिपा बैठा था। महादेव जानता था कि रात को तोता कही उड़कर नहीं जा सकता, और न पिंजड़े ही में आ सकता हैं, फिर भी वह उस जगह से हिलने का नाम न लेता था। आज उसने दिन भर कुछ नहीं खाया। रात के भोजन का समय भी निकल गया, पानी की बूँद भी उसके कंठ में न गयी, लेकिन उसे न भूख थी, न प्यास ! तोते के बिना उसे अपना जीवन निस्सार, शुष्क और सूना जान पड़ता था। वह दिन-रात काम करता था; इसलिए कि यह उसकी अंत:प्रेरणा थी; जीवन के और काम इसलिए करता था कि आदत थी। इन कामों मे उसे अपनी सजीवता का लेश-मात्र भी ज्ञान न होता था। तोता ही वह वस्तु था, जो उसे चेतना की याद दिलाता था। उसका हाथ से जाना जीव का देह-त्याग करना था।

महादेव दिन-भर का भूख-प्यासा, थका-माँदा, रह-रह कर झपकियाँ ले लेता था; किन्तु एक क्षण में फिर चौंक कर आँखे खोल देता और उस विस्तृत अंधकार में उसकी आवाज सुनायी देती—'सत्त गुरुदत्त शिवदत्त दाता।'

आधी रात गुजर गयी थी। सहसा वह कोई आहट पा कर चौका। देखा, एक दूसरे वृक्ष के नीचे एक धुँधला दीपक जल रहा है, और कई आदमी बैंठे हुए आपस में कुछ बातें कर रहे हैं। वे सब चिलम पी रहे थे। तमाखू की महक ने उसे अधीर कर दिया। उच्च स्वर से बोला—'सत्त गुरुदत्त शिवदत्त दाता' और उन आदमियों की ओर चिलम पीने चला गया; किन्तु जिस प्रकार बंदूक की आवाज सुनते ही हिरन भाग जाते हैं उसी प्रकार उसे आते देख सब-के-सब उठ कर भागे। कोई इधर गया, कोई उधर। महादेव चिल्लाने लगा—'ठहरो-ठहरो !' एकाएक उसे ध्यान आ गया, ये सब

चोर हैं। वह जारे से चिल्ला उठा—'चोर-चोर, पकड़ो-पकड़ो !' चोरों ने पीछे फिर कर न देखा।

महादेव दीपक के पास गया, तो उसे एक मलसा रखा हुआ मिला जो मोर्चे से काला हो रहा था। महादेव का हृदय उछलने लगा। उसने कलसे मे हाथ डाला, तो मोहरें थीं। उसने एक मोहरे बाहर निकाली और दीपक के उजाले में देखा। हाँ मोहर थी। उसने तुरंत कलसा उठा लिया, और दीपक बुझा दिया और पेड़ के नीचे छिप कर बैठ रहा। साह से चोर बन गया।

उसे फिर शंका हुई, ऐसा न हो, चोर लौट आवें, और मुझे अकेला देख कर मोहरें छीन लें। उसने कुछ मोहर कमर में बाँधी, फिर एक सूखी लकड़ी से जमीन की की मिटटी हटा कर कई गड्ढे बनाये, उन्हें माहरों से भर कर मिटटी से ढँक दिया।

महादेव के अतर्नेत्रों के सामने अब एक दूसरा जगत् था, चिंताओं और कल्पना से परिपूर्ण। यद्यपि अभी कोष के हाथ से निकल जाने का भय था; पर अभिलाषाओं ने अपना काम शुरु कर दिया। एक पक्का मकान बन गया, सराफे की एक भारी दूकान खुल गयी, निज सम्बन्धियों से फिर नाता जुड़ गया, विलास की सामग्रियाँ एकत्रित हो गयीं। तब तीर्थ-यात्रा करने चले, और वहाँ से लौट कर बड़े समारोह से यज्ञ, ब्रह्मभोज हुआ। इसके पश्चात एक शिवालय और कुऑं बन गया, एक बाग भी लग गया और वह नित्यप्रति कथा-पुराण सुनने लगा। साधु-सन्तों का आदर-सत्कार होने लगा।

अकस्मात उसे ध्यान आया, कहीं चोर आ जायँ , तो मैं भागूँगा क्यों-कर? उसने परीक्षा करने के लिए कलसा उठाया। और दो सौ पग तक बेतहाशा भागा हुआ चला गया। जान पड़ता था, उसके पैरो में पर लग गये हैं। चिंता शांत हो गयी। इन्हीं कल्पनाओं में रात व्यतीत हो गयी। उषा का आगमन हुआ, हवा जागी, चिड़ियाँ गाने लगीं। सहसा महादेव के कानों में आवाज आयी—

'सत्त गुरुदत्त शिवदत्त दाता,
राम के चरण में चित्त लगा।'

यह बोल सदैव महादेव की जिह्वा पर रहता था। दिन में सहस्रों ही बार ये शब्द उसके मुँह से निकलते थे, पर उनका धार्मिक भाव कभी भी उसके अन्त:कारण को स्पर्श न करता था। जैसे किसी बाजे से राग निकलता हैं, उसी प्रकार उसके मुँह से यह बोल निकलता था। निरर्थक और प्रभाव-शून्य। तब उसका हृदय-रुपी वृक्ष पत्र-

पल्लव विहीन था। यह निर्मल वायु उसे गुंजरित न कर सकती थी; पर अब उस वृक्ष में कोपलें और शाखाएँ निकल आयी थीं। इन वायु-प्रवाह से झूम उठा, गुंजित हो गया।

अरुणोदय का समय था। प्रकृति एक अनुरागमय प्रकाश में डूबी हुई थी। उसी समय तोता पैरों को जोड़े हुए ऊँची डाल से उतरा, जैसे आकाश से कोई तारा टूटे और आ कर पिंजड़े में बैठ गया। महादेव प्रफुल्लित हो कर दौड़ा और पिंजड़े को उठा कर बोला—आओ आत्माराम तुमने कष्ट तो बहुत दिया, पर मेरा जीवन भी सफल कर दिया। अब तुम्हें चाँदी के पिंजड़े में रखूंगा और सोने से मढ़ दूँगा।' उसके रोम-रोम के परमात्मा के गुणानुवाद की ध्वनि निकलने लगी। प्रभु तुम कितने दयावान् हो ! यह तुम्हारा असीम वात्सल्य है, नहीं तो मुझ पापी, पतित प्राणी कब इस कृपा के योग्य था ! इस पवित्र भावों से आत्मा विन्हल हो गयी ! वह अनुरक्त हो कर कह उठा—

'सत्त गुरुदत्त शिवदत्त दाता,
राम के चरण में चित्त लागा।'

उसने एक हाथ में पिंजड़ा लटकाया, बगल में कलसा दबाया और घर चला।

महादेव घर पहुँचा, तो अभी कुछ अँधेरा था। रास्ते में एक कुत्ते के सिवा और किसी से भेंट न हुई, और कुत्ते को मोहरों से विशेष प्रेम नहीं होता। उसने कलसे को एक नाद में छिपा दिया, और कोयले से अच्छी तरह ढँक कर अपनी कोठरी में रख आया। जब दिन निकल आया तो वह सीधे पुराहित के घर पहुँचा। पुरोहित पूजा पर बैठे सोच रहे थे—कल ही मुकदमें की पेशी हैं और अभी तक हाथ में कौड़ी भी नहीं—यजमानो में कोई साँस भी लेता। इतने में महादेव ने पालागन की। पंड़ित जी ने मुँह फेर लिया। यह अमंगलमूर्ति कहाँ से आ पहुँची, मालमू नहीं, दाना भी मयस्सर होगा या नहीं। रुष्ट हो कर पूछा—क्या है जी, क्या कहते हो। जानते नहीं, हम इस समय पूजा पर रहते हैं।

महादेव ने कहा—महाराज, आज मेरे यहाँ सत्यनाराण की कथा है।

पुरोहित जी विस्मित हो गये। कानों पर विश्वास न हुआ। महादेव के घर कथा का होना उतनी ही असाधारण घटना थी, जितनी अपने घर से किसी भिखारी के लिए भीख निकालना। पूछा—आज क्या है?

महादेव बोला—कुछ नहीं, ऐसा इच्छा हुई कि आज भगवान की कथा सुन लूँ।

प्रभात ही से तैयारी होने लगी। वेदों के निकटवर्ती गाँवो में सूपारी फिरी। कथा के उपरांत भोज का भी नेवता था। जो सुनता आश्चर्य करता आज रेत में दूब कैसे जमी।

संध्या समय जब सब लोग जमा हो, और पंडित जी अपने सिंहासन पर विराजमान हुए, तो महादेव खड़ा होकर उच्च स्वर में बोला—भाइयों मेरी सारी उम्र छल-कपट में कट गयी। मैंने न जाने कितने आदमियों को दगा दी, कितने खरे को खोटा किया; पर अब भगवान ने मुझ पर दया की है, वह मेरे मुँह की कालिख को मिटाना चाहते हैं। मैं आप सब भाइयों से ललकार कर कहता हूँ कि जिसका मेरे जिम्मे जो कुछ निकलता हो, जिसकी जमा मैंने मार ली हो, जिसके चोखे माल का खोटा कर दिया हो, वह आकर अपनी एक-एक कौड़ी चुका ले, अगर कोई यहाँ न आ सका हो, तो आप लोग उससे जाकर कह दीजिए, कल से एक महीने तक, जब जी चाहे, आये और अपना हिसाब चुकता कर ले। गवाही-साखी का काम नहीं।

सब लोग सन्नाटे में आ गये। कोई मार्मिक भाव से सिर हिला कर बोला—हम कहते न थे। किसी ने अविश्वास से कहा—क्या खा कर भरेगा, हजारों को टोटल हो जायगा।

एक ठाकुर ने ठठोली की—और जो लोग सुरधाम चले गये।

महादेव ने उत्तर दिया—उसके घर वाले तो होंगे।

किन्तु इस समय लोगों को वसूली की इतनी इच्छा न थी, जितनी यह जानने की कि इसे इतना धन मिल कहाँ से गया। किसी को महादेव के पास आने का साहस न हुआ। देहात के आदमी थे, गड़े मुर्दे उखाड़ना क्या जानें। फिर प्राय: लोगों को याद भी न था कि उन्हें महादेव से क्या पाना हैं, और ऐसे पवित्र अवसर पर भूल-चूक हो जाने का भय उनका मुँह बन्द किये हुए था। सबसे बड़ी बात यह थी कि महादेव की साधुता ने उन्हीं वशीभूत कर लिया था।

अचानक पुरोहित जी बोले—तुम्हें याद हैं, मैंने एक कंठा बनाने के लिए सोना दिया था, तुमने कई माशे तौल में उड़ा दिये थे।

महादेव—हाँ, याद हैं, आपका कितना नुकसान हुआ होग।

पुरोहित—पचास रुपये से कम न होगा।

महादेव ने कमर से दो मोहरें निकालीं और पुरोहित जी के सामने रख दीं।

पुरोहितजी की लोलुपता पर टीकाएँ होने लगीं। यह बेईमानी हैं, बहुत हो, तो दो-चार रुपये का नुकसान हुआ होगा। बेचारे से पचास रुपये ऐंठ लिए। नारायण का भी डर नहीं। बनने को पंड़ित, पर नियत ऐसी खराब राम-राम !

लोगों को महादेव पर एक श्रद्धा-सी हो गई। एक घंटा बीत गया पर उन सहस्रों मनुष्यों में से एक भी खड़ा न हुआ। तब महादेव ने फिर कहाँ—मालूम होता है, आप लोग अपना-अपना हिसाब भूल गये हैं, इसलिए आज कथा होने दीजिए। मैं एक महीने तक आपकी राह देखूँगा। इसके पीछे तीर्थ यात्रा करने चला जाऊँगा। आप सब भाइयों से मेरी विनती है कि आप मेरा उद्धार करें।

एक महीने तक महादेव लेनदारों की राह देखता रहा। रात को चोंरो के भय से नींद न आती। अब वह कोई काम न करता। शराब का चसका भी छूटा। साधु-अभ्यागत जो द्वार पर आ जाते, उनका यथायोग्य सत्कार करता। दूर-दूर उसका सुयश फैल गया। यहाँ तक कि महीना पूरा हो गया और एक आदमी भी हिसाब लेने न आया। अब महादेव को ज्ञान हुआ कि संसार में कितना धर्म, कितना सद्व्यवहार हैं। अब उसे मालूम हुआ कि संसार बुरों के लिए बुरा हैं और अच्छे के लिए अच्छा।

इस घटना को हुए पचास वर्ष बीत चुके हैं। आप वेदों जाइये, तो दूर ही से एक सुनहला कलस दिखायी देता है। वह ठाकुरद्वारे का कलस है। उससे मिला हुआ एक पक्का तालाब हैं, जिसमें खूब कमल खिले रहते हैं। उसकी मछलियाँ कोई नहीं पकड़ता; तालाब के किनारे एक विशाल समाधि है। यही आत्माराम का स्मृति-चिन्ह है, उसके सम्बन्ध में विभिन्न किंवदंतियाँ प्रचलित है। कोई कहता हैं, वह रत्नजटित पिंजड़ा स्वर्ग को चला गया, कोई कहता, वह 'सत्त गुरुदत्त' कहता हुआ अंतर्ध्यान हो गया, पर यर्थाथ यह हैं कि उस पक्षी-रुपी चंद्र को किसी बिल्ली-रुपी राहु ने ग्रस लिया। लोग कहते हैं, आधी रात को अभी तक तालाब के किनारे आवाज आती है—

'सत्त गुरुदत्त शिवदत्त दाता,
राम के चरण में चित्त लागा।'

महादेव के विषय में भी कितनी ही जन-श्रुतियाँ है। उनमें सबसे मान्य यह है कि आत्माराम के समाधिस्थ होने के बाद वह कई संन्यासियों के साथ हिमालय चला गया, और वहाँ से लौट कर न आया। उसका नाम आत्माराम प्रसिद्ध हो गया।

# 11

# आधार

सारे गॉव मे मथुरा का सा गठीला जवान न था। कोई बीस बरस की उमर थी । मसें भीग रही थी। गउएं चराता, दूध पीता, कसरत करता, कुश्ती लडता था और सारे दिन बांसुरी बजाता हाट मे विचरता था। ब्याह हो गया था, पर अभी कोई बाल-बच्चा न था। घर में कई हल की खेती थी, कई छोटे-बडे भाई थे। वे सब मिलचुलकर खेती-बारी करते थे। मथुरा पर सारे गॉव को गर्व था, जब उसे जॉघिये-लंगोटे, नाल या मुग्दर के लिए रूपये-पैसे की जरूरत पडती तो तुरन्त दे दिये जाते थे। सारे घर की यही अभिलाषा थी कि मथुरा पहलवान हो जाय और अखाडे मे अपने सवाये को पछाडे। इस लाड – प्यार से मथुरा जरा टर्रा हो गया था। गायें किसी के खेत मे पडी है और आप अखाडे मे दंड लगा रहा है। कोई उलाहना देता तो उसकी त्योरियां बदल जाती। गरज कर कहता, जो मन मे आये कर लो, मथुरा तो अखाडा छोडकर हांकने न जायेंगे ! पर उसका डील-डौल देखकर किसी को उससे उलझने की हिम्मत न पडती । लोग गम खा जाते

गर्मियो के दिन थे, ताल-तलैया सूखी पडी थी। जोरों की लू चलने लगी थी। गॉव में कहीं से एक सांड आ निकला और गउओं के साथ हो लिया। सारे दिन गउओं के साथ रहता, रात को बस्ती में घुस आता और खूंटो से बंधे बैलो को सींगों से मारता। कभी-किसी की गीली दीवार को सींगो से खोद डालता, घर का कूडा सींगो से उडाता। कई किसानो ने साग-भाजी लगा रखी थी, सारे दिन सींचते-सींचते मरते थे। यह सांड रात को उन हरे-भरे खेतों में पहुंच जाता और खेत का खेत तबाह कर देता । लोग उसे डंडों से मारते, गॉव के बाहर भगा आते, लेकिन जरा देर में गायों में पहुंच जाता। किसी की अक्ल काम न करती थी कि इस संकट को कैसे टाला जाय। मथुरा का घर गांव के बीच मे था, इसलिए उसके खेतो को सांड से कोई हानि न पहुंचती

थी। गांव में उपद्रव मचा हुआ था और मथुरा को जरा भी चिन्ता न थी।

आखिर जब धैर्य का अंतिम बंधन टूट गया तो एक दिन लोगों ने जाकर मथुरा को घेरा और बौले—भाई, कहो तो गांव में रहें, कहीं तो निकल जाएं । जब खेती ही न बचेगी तो रहकर क्या करेगें .? तुम्हारी गायों के पीछे हमारा सत्यानाश हुआ जाता है, और तुम अपने रंग में मस्त हो। अगर भगवान ने तुम्हें बल दिया है तो इससे दूसरो की रक्षा करनी चाहिए, यह नही कि सबको पीस कर पी जाओ । सांड तुम्हारी गायों के कारण आता है और उसे भगाना तुम्हारा काम है ; लेकिन तुम कानो में तेल डाले बैठे हो, मानो तुमसे कुछ मतलब ही नही।

मथुरा को उनकी दशा पर दया आयी। बलवान मनुष्य प्रायः दयालु होता है। बोला—अच्छा जाओ, हम आज सांड को भगा देंगे।

एक आदमी ने कहा—दूर तक भगाना, नही तो फिर लोट आयेगा।

मथुरा ने कंधे पर लाठी रखते हुए उत्तर दिया—अब लौटकर न आयेगा।

चिलचिलाती दोपहरी थी। मथुरा सांड को भगाये लिए जाता था। दोंनो पसीने से तर थे। सांड बार-बार गांव की ओर घूमने की चेष्टा करता, लेकिन मथुरा उसका इरादा ताडकर दूर ही से उसकी राह छेंक लेता। सांड क्रोध से उन्मत्त होकर कभी-कभी पीछे मुडकर मथुरा पर तोड करना चाहता लेकिन उस समय मथुरा सामाना बचाकर बगल से ताबड-तोड इतनी लाठियां जमाता कि सांड को फिर भागना पडता कभी दोनों अरहर के खेतो में दौडते, कभी झाडियों में । अरहर की खूटियों से मथुरा के पांव लहू-लुहान हो रहे थे, झाडियों में धोती फट गई थी, पर उसे इस समय सांड का पीछा करने के सिवा और कोई सुध न थी। गांव पर गांव आते थे और निकल जाते थे। मथुरा ने निश्चय कर लिया कि इसे नदी पार भगाये बिना दम न लूंगा। उसका कंठ सूख गया था और आंखें लाल हो गयी थी, रोम-रोम से चिनगारियां सी निकल रही थी, दम उखड गया था ; लेकिन वह एक क्षण के लिए भी दम न लेता था। दो ढाई घंटो के बाद जाकर नदी आयी। यही हार-जीत का फैसला होने वाला था, यही से दोनों खिलाडियों को अपने दांव-पेंच के जौहर दिखाने थे। सांड सोचता था, अगर नदी में उतर गया तो यह मार ही डालेगा, एक बार जान लडा कर लौटने की कोशिश करनी चाहिए। मथुरा सोचता था, अगर वह लौट पडा तो इतनी मेहनत व्यर्थ हो जाएगी और गांव के लोग मेरी हंसी उडायेगें। दोनों अपने – अपने घात

में थे। सांड ने बहुत चाहा कि तेज दौडकर आगे निकल जाऊं और वहां से पीछे को फिरूं, पर मथुरा ने उसे मुडने का मौका न दिया। उसकी जान इस वक्त सुई की नोक पर थी, एक हाथ भी चूका और प्राण भी गए, जरा पैर फिसला और फिर उठना नशीब न होगा। आखिर मनुष्य ने पशु पर विजय पायी और सांड को नदी में घुसने के सिवाय और कोई उपाय न सूझा। मथुरा भी उसके पीछे नदी मे पैठ गया और इतने डंडे लगाये कि उसकी लाठी टूट गयी।

अब मथुरा को जोरो से प्यास लगी। उसने नदी में मुंह लगा दिया और इस तरह हौंक-हौंक कर पीने लगा मानो सारी नदी पी जाएगा। उसे अपने जीवन में कभी पानी इतना अच्छा न लगा था और न कभी उसने इतना पानी पीया था। मालूम नही, पांच सेर पी गया या दस सेर लेकिन पानी गरम था, प्यास न बुंझी ; जरा देर में फिर नदी में मुंह लगा दिया और इतना पानी पीया कि पेट में सांस लेने की जगह भी न रही। तब गीली धोती कंधे पर डालकर घर की ओर चल दिया।

लेकिन दस की पांच पग चला होगा कि पेट में मीठा-मीठा दर्द होने लगा। उसने सोचा, दौड कर पानी पीने से ऐसा दर्द अकसर हो जाता है, जरा देर में दूर हो जाएगा। लेकिन दर्द बढने लगा और मथुरा का आगे जाना कठिन हो गया। वह एक पेड के नीचे बैठ गया और दर्द से बैचेन होकर जमीन पर लोटने लगा। कभी पेट को दबाता, कभी खडा हो जाता कभी बैठ जाता, पर दर्द बढता ही जाता था। अन्त में उसने जोर-जोर से कराहना और रोना शुरू किया; पर वहां कौन बैठा था जो, उसकी खबर लेता। दूर तक कोई गांव नही, न आदमी न आदमजात। बेचारा दोपहरी के सन्नाटे में तडप-तडप कर मर गया। हम कडे से कडा घाव सह सकते है लेकिन जरा सा-भी व्यतिक्रम नही सह सकते। वही देव का सा जवान जो कोसो तक सांड को भगाता चला आया था, तत्वों के विरोध का एक वार भी न सह सका। कौन जानता था कि यह दौड उसके लिए मौत की दौड होगी ! कौन जानता था कि मौत ही सांड का रूप धरकर उसे यों नचा रही है। कौरन जानता था कि जल जिसके बिना उसके प्राण ओठों पर आ रहे थे, उसके लिए विष का काम करेगा।

संध्या समय उसके घरवाले उसे ढूंढते हुए आये। देखा तो वह अनंत विश्राम में मग्न था।

एक महीना गुजर गया। गांववाले अपने काम-धंधे में लगे । घरवालों ने रो-धो कर सब्र किया; पर अभागिनी विधवा के आंसू कैसे पुंछते । वह हरदम रोती रहती। आंखे चांहे बन्द भी हो जाती, पर ह्रदय नित्य रोता रहता था। इस घर में अब कैसे निर्वाह होगा ? किस आधार पर जिऊंगी ? अपने लिए जीना या तो महात्माओं को आता है या लम्पटों ही को । अनूपा को यह कला क्या मालूम ? उसके लिए तो जीवन का एक आधार चाहिए था, जिसे वह अपना सर्वस्व समझे, जिसके लिए वह लिये, जिस पर वह घमंड करे । घरवालों को यह गवारा न था कि वह कोई दूसरा घर करे। इसमें बदनामी थी। इसके सिवाय ऐसी सुशील, घर के कामों में कुशल, लेन-देन के मामलो में इतनी चतुर और रंग रूप की ऐसी सराहनीय स्त्री का किसी दूसरे के घर पड जाना ही उन्हें असह्य था। उधर अनूपा के मैककवाले एक जगह बातचीत पक्की कर रहे थे। जब सब बातें तय हो गयी, तो एक दिन अनूपा का भाई उसे विदा कराने आ पहुंचा ।

अब तो घर में खलबली मची। इधर कहा गया, हम विदा न करेगें । भाई ने कहा, हम बिना विदा कराये मानेंगे नही। गांव के आदमी जमा हो गये, पंचायत होने लगी। यह निश्चय हुआ कि अनूपा पर छोड दिया जाय, जी चाहे रहे। यहां वालो को विश्वास था कि अनूपा इतनी जल्द दूसरा घर करने को राजी न होगी, दो-चार बार ऐसा कह भी चुकी थी। लेकिन उस वक्त जो पूछा गया तो वह जाने को तैयार थी। आखिर उसकी विदाई का सामान होने लगा। डोली आ गई। गांव-भर की स्त्रिया उसे देखने आयीं। अनूपा उठ कर अपनी सांस के पैरो में गिर पडी और हाथ जोडकर बोली—अम्मा, कहा-सुनाद माफ करना। जी में तो था कि इसी घर में पडी रहूं, पर भगवान को मंजूर नही है।

यह कहते-कहते उसकी जबान बन्द हो गई।

सास करूणा से विह्वल हो उठी। बोली—बेटी, जहां जाओं वहां सुखी रहो। हमारे भाग्य ही फूट गये नही तो क्यों तुम्हें इस घर से जाना पडता। भगवान का दिया और सब कुछ है, पर उन्होने जो नही दिया उसमें अपना क्या बस ; बस आज तुम्हारा देवर सयाना होता तो बिगडी बात बन जाती। तुम्हारे मन में बैठे तो इसी को अपना समझो : पालो-पोसो बडा हो जायेगा तो सगाई कर दूंगी।

यह कहकर उसने अपने सबसे छोटे लडके वासुदेव से पूछा—क्यों रे ! भौजाई से शादी करेगा ?

वासुदेव की उम्र पांच साल से अधिक न थी। अबकी उसका ब्याह होने वाला था। बातचीत हो चुकी थी। बोला—तब तो दूसरे के घर न जायगी न ?

मा—नही, जब तेरे साथ ब्याह हो जायगी तो क्यों जायगी ?

वासुदेव-- तब मैं करूंगा

मां—अच्छा, उससे पूछ, तुझसे ब्याह करेगी।

वासुदेव अनूप की गोद में जा बैठा और शरमाता हुआ बोला—हमसे ब्याह करोगी ? यह कह कर वह हंसने लगा; लेकिन अनूप की आंखें डबडबा गयीं, वासुदेव को छाती से लगाते हुए बोली ---अम्मा, दिल से कहती हो ?

सास—भगवान् जानते है !

अनूपा—आज यह मेरे हो गये ?

सास—हां सारा गांव देख रहा है ।

अनूपा—तो भैया से कहला भैजो, घर जायें, मैं उनके साथ न जाऊंगी।

अनूपा को जीवन के लिए आधार की जरूरत थी। वह आधार मिल गया। सेवा मनुष्य की स्वाभाविक वृत्ति है। सेवा ही उस के जीवन का आधार है।

अनूपा ने वासुदेव को लालन-पोषण शुरू किया। उबटन और तैल लगाती, दूध-रोटी मल-मल के खिलाती। आप तालाब नहाने जाती तो उसे भी नहलाती। खेत में जाती तो उसे भी साथ ले जाती। थौडे की दिनों में उससे हिल-मिल गया कि एक क्षण भी उसे न छोडता। मां को भूल गया। कुछ खाने को जी चाहता तो अनूपा से मांगता, खेल में मार खाता तो रोता हुआ अनूपा के पास आता। अनूपा ही उसे सुलाती, अनूपा ही जगाती, बीमार हो तो अनूपा ही गोद में लेकर बदलू वैध के घर जाती, और दवायें पिलाती।

गांव के स्त्री-पुरूष उसकी यह प्रेम तपस्या देखते और दांतो उंगली दबाते। पहले बिरले ही किसी को उस पर विश्वास था। लोग समझते थे, साल-दो-साल में इसका जी ऊब जाएगा और किसी तरफ का रास्ता लेगी; इस दुधमुंहे बालक के नाम कब तक बैठी रहेगी; लेकिन यह सारी आशंकाएं निमूर्ल निकलीं। अनूपा को किसी ने अपने व्रत से विचलित होते न देखा। जिस ह्रदय मे सेवा को स्रोत बह रहा हो—स्वाधीन सेवा का—उसमें वासनाओं के लिए कहां स्थान ? वासना का वार निर्मम, आशाहीन, आधारहीन प्राणियों पर ही होता है चोर की अंधेरे में ही चलती है, उजाले में नही।

वासुदेव को भी कसरत का शोक था। उसकी शक्ल सूरत मथुरा से मिलती-जुलती थी, डील-डौल भी वैसा ही था। उसने फिर अखाडा जगाया। और उसकी बांसुरी की तानें फिर खेतों में गूजने लगीं।

इस भाँति १३ बरस गुजर गये। वासुदेव और अनूपा में सगाई की तैयारी होने लगीं।

लेकिन अब अनूपा वह अनूपा न थी, जिसने १४ वर्ष पहले वासुदेव को पति भाव से देखा था, अब उस भाव का स्थान मातृभाव ने लिया था। इधर कुछ दिनों से वह एक गहरे सोच में डूबी रहती थी। सगाई के दिन ज्यो-ज्यों निकट आते थे, उसका दिल बैठा जाता था। अपने जीवन में इतने बडे परिवर्तन की कल्पना ही से उसका कलेजा दहक उठता था। जिसे बालक की भॉति पाला-पोसा, उसे पति बनाते हुए, लज्जा से उसका मुंख लाल हो जाता था।

द्वार पर नगाडा बज रहा था। बिरादरी के लोग जमा थे। घर में गाना हो रहा था ! आज सगाई की तिथि थी :

सहसा अनूपा ने जा कर सास से कहा—अम्मां मै तो लाज के मारे मरी जा रही हूं।

सास ने भौंचक्की हो कर पूछा—क्यों बेटी, क्या है ?

अनूपा—मैं सगाई न करूंगी।

सास—कैसी बात करती है बेटी ? सारी तैयारी हो गयी। लोग सुनेंगे तो क्या कहेगें ?

अनूपा—जो चाहे कहें, जिनके नाम पर १४ वर्ष बैठी रही उसी के नाम पर अब भी बैठी रहूंगी। मैंने समझा था मरद के बिना औरत से रहा न जाता होगा। मेरी तो भगवान ने इज्जत आबरू निबाह दी। जब नयी उम्र के दिन कट गये तो अब कौन चिन्ता है ! वासुदेव की सगाई कोई लडकी खोजकर कर दो। जैसे अब तक उसे पाला, उसी तरह अब उसके बाल-बच्चों को पालूंगी।

# 12

# आल्हा

आल्हा का नाम किसने नहीं सुना। पुराने जमाने के चन्देल राजपूतों में वीरता और जान पर खेलकर स्वामी की सेवा करने के लिए किसी राजा महाराजा को भी यह अमर कीर्ति नहीं मिली। राजपूतों के नैतिक नियमों में केवल वीरता ही नहीं थी बल्कि अपने स्वामी और अपने राजा के लिए जान देना भी उसका एक अंग था। आल्हा और ऊदल की जिन्दगी इसकी सबसे अच्छी मिसाल है। सच्चा राजपूत क्या होता था और उसे क्या होना चाहिये इसे लिस खूबसूरती से इन दोनों भाइयों ने दिखा दिया है, उसकी मिसाल हिन्दोस्तान के किसी दूसरे हिस्से में मुश्किल से मिल सकेगी। आल्हा और ऊदल के मार्के और उसको कारनामे एक चन्देली कवि ने शायद उन्हीं के जमाने में गाये, और उसको इस सूबे में जो लोकप्रियता प्राप्त है वह शायद रामायण को भी न हो। यह कविता आल्हा ही के नाम से प्रसिद्ध है और आठ-नौ शताब्दियाँ गुजर जाने के बावजूद उसकी दिलचस्पी और सर्वप्रियता में अन्तर नहीं आया। आल्हा गाने का इस प्रदेश मे बड़ा रिवाज है। देहात में लोग हजारों की संख्या में आल्हा सुनने के लिए जमा होते हैं। शहरों में भी कभी-कभी यह मण्डलियाँ दिखाई दे जाती हैं। बड़े लोगों की अपेक्षा सर्वसाधारण में यह किस्सा अधिक लोकप्रिय है। किसी मजलिस में जाइए हजारों आदमी जमीन के फर्श पर बैठे हुए हैं, सारी महाफिल जैसे बेसुध हो रही है और आल्हा गाने वाला किसी मोढ़े पर बैठा हुआ आपनी अलाप सुना रहा है। उसकी आवज आवश्यकतानुसार कभी ऊँची हो जाती है और कभी मद्धिम, मगर जब वह किसी लड़ाई और उसकी तैयारियों का जिक्र करने लगता है तो शब्दों का प्रवाह, उसके हाथों और भावों के इशारे, ढोल की मर्दाना लय उन पर वीरतापूर्ण शब्दों का चुस्ती से बैठना, जो जड़ाई की कविताओं ही की अपनी एक विशेषता है, यह सब चीजें मिलकर सुनने वालों के

दिलों में मर्दाना जोश की एक उमंग सी पैदा कर देती हैं। बयान करने का तर्ज ऐसा सादा और दिलचस्प और जबान ऐसी आमफहम है कि उसके समझने में जरा भी दिक्कत नहीं होती। वर्णन और भावों की सादगी, कला के सौंदर्य का प्राण है।

राजा परमालदेव चन्देल खानदान का आखिरी राजा था। तेरहवीं शताब्दी के आरम्भ में वह खानदान समाप्त हो गया। महोबा जो एक मामूली कस्बा है उस जमाने में चन्देलों की राजधानी था। महोबा की सल्तनत दिल्ली और कन्नौज से आंखें मिलाती थी। आल्हा और ऊदल इसी राजा परमालदेव के दरबार के सम्मनित सदस्य थे। यह दोनों भाई अभी बच्चे ही थे कि उनका बाप जसराज एक लड़ाई में मारा गया। राजा को अनाथों पर तरस आया, उन्हें राजमहल में ले आये और मोहब्बत के साथ अपनी रानी मलिनहा के सुपुर्द कर दिया। रानी ने उन दोनों भाइयों की परवरिश और लालन-पालन अपने लड़के की तरह किया। जवान होकर यही दोनों भाई बहादुरी में सारी दुनिया में मशहूर हुए। इन्हीं दिलावरों के कारनामों ने महोबे का नाम रोशन कर दिया है।

बड़े लडइया महोबेवाला  
जिनके बल को वार न पार

आल्हा और ऊदल राजा परमालदेव पर जान कुर्बान करने के लिए हमेशा तैयार रहते थे। रानी मलिनहा ने उन्हें पाला, उनकी शादियां कीं, उन्हें गोद में खिलाया। नमक के हक के साथ-साथ इन एहसानों और सम्बन्धों ने दोनों भाइयों को चन्देल राजा का जॉनिसार रखवाला और राजा परमालदेव का वफादार सेवक बना दिया था। उनकी वीरता के कारण आस-पास के सैकडों घमंडी राजा चन्देलों के अधीन हो गये। महोबा राज्य की सीमाएँ नदी की बाढ़ की तरह फैलने लगीं और चन्देलों की शक्ति दूज के चाँद से बढ़कर पूरनमासी का चाँद हो गई। यह दोनों वीर कभी चैन से न बैठते थे। रणक्षेत्र में अपने हाथ का जौहर दिखाने की उन्हें धुन थी। सुख-सेज पर उन्हें नींद न आती थी। और वह जमाना भी ऐसा ही बेचैनियों से भरा हुआ था। उस जमाने में चैन से बैठना दुनिया के परदे से मिट जाना था। बात-बात पर तलवारें चलतीं और खून की नदियाँ बहती थीं। यहाँ तक कि शादियाँ भी खूनी लड़ाइयों जैसी हो गई थीं। लड़की पैदा हुई और शामत आ गई। हजारों सिपाहियों, सरदारों और सम्बन्धियों की जानें दहेज में देनी पड़ती थीं। आल्हा और ऊदल उस पुरशोर जमाने की यच्ची तस्वीरें हैं और गोकि ऐसी हालतों ओर जमाने के साथ जो नैतिक दुर्बलताएँ और विषमताएँ पाई जाती हैं, उनके असर से वह भी बचे हुए नहीं हैं, मगर

उनकी दुर्बलताएँ उनका कसूर नहीं बल्कि उनके जमाने का कसूर हैं।

आल्हा का मामा माहिल एक काले दिल का, मन में द्वेष पालने वाला आदमी था। इन दोनों भाइयों का प्रताप और ऐश्वर्य उसके हृदय में काँटे की तरह खटका करता था। उसकी जिन्दगी की सबसे बड़ी आरजू यह थी कि उनके बड़प्पन को किसी तरह खाक में मिला दे। इसी नेक काम के लिए उसने अपनी जिन्दगी न्यौछावर कर दी थी। सैंकड़ों वार किये, सैंकड़ों बार आग लगायी, यहाँ तक कि आखिरकार उसकी नशा पैदा करनेवाली मंत्रणाओं ने राजा परमाल को मतवाला कर दिया। लोहा भी पानी से कट जाता है।

एक रोज राजा परमाल दरबार में अकेले बैठे हुए थे कि माहिल आया। राजा ने उसे उदास देखकर पूछा, भइया, तुम्हारा चेहरा कुछ उतरा हुआ है। माहिल की आँखों में आँसू आ गये। मक्कार आदमी को अपनी भावनाओं पर जो अधिकार होता है वह किसी बड़े योगी के लिए भी कठिन है। उसका दिल रोता है मगर होंठ हँसते हैं, दिल खुशियों के मजे लेता है मगर आँखें रोती हैं, दिल डाह की आग से जलता है मगर जबान से शहद और शक्कर की नदियाँ बहती हैं।

माहिल बोला-महाराज, आपकी छाया में रहकर मुझे दुनिया में अब किसी चीज की इच्छा बाकी नहीं मगर जिन लोगों को आपने धूल से उठाकर आसमान पर पहुँचा दिया और जो आपकी कृपा से आज बड़े प्रताप और ऐश्वर्यवाले बन गये, उनकी कृतघ्रता और उपद्रव खड़े करना मेरे लिए बड़े दुःख का कारण हो रही है।

परमाल ने आश्चर्य से पूछा- क्या मेरा नमक खानेवालों में ऐसे भी लोग हैं?

माहिल- महाराज, मैं कुछ नहीं कह सकता। आपका हृदय कृपा का सागर है मगर उसमें एक खूंखार घड़ियाल आ घुसा है।

-वह कौन है?

-मैं।

राजा ने आश्चर्यान्वित होकर कहा-तुम!

महिल- हाँ महाराज, वह अभागा व्यक्ति मैं ही हूँ। मैं आज खुद अपनी फरियाद लेकर आपकी सेवा में उपस्थित हुआ हूँ। अपने सम्बन्धियों के प्रति मेरा जो कर्तव्य है वह उस भक्ति की तुलना में कुछ भी नहीं जो मुझे आपके प्रति है। आल्हा मेरे जिगर का टुकड़ा है। उसका मांस मेरा मांस और उसका रक्त मेरा रक्त है। मगर

अपने शरीर में जो रोग पैदा हो जाता है उसे विवश होकर हकीम से कहना पड़ता है। आल्हा अपनी दौलत के नशे में चूर हो रहा है। उसके दिल में यह झूठा खयाल पैदा हो गया है कि मेरे ही बाहु-बल से यह राज्य कायम है।

राजा परमाल की आंखें लाल हो गयीं, बोला-आल्हा को मैंने हमेशा अपना लड़का समझा है।

माहिल- लड़के से ज्यादा।

परमाल- वह अनाथ था, कोई उसका संरक्षक न था। मैंने उसका पालन-पोषण किया, उसे गोद में खिलाया। मैंने उसे जागीरें दीं, उसे अपनी फौज का सिपहसालार बनाया। उसकी शादी में मैंने बीस हजार चन्देल सूरमाओं का खून बहा दिया। उसकी माँ और मेरी मलिनहा वर्षों गले मिलकर सोई हैं और आल्हा क्या मेरे एहसानों को भूल सकता है? माहिल, मुझे तुम्हारी बात पर विश्वास नहीं आता।

माहिल का चेहरा पीला पड़ गया। मगर सम्हलकर बोला- महाराज, मेरी जबान से कभी झूठ बात नहीं निकली।

परमाह- मुझे कैसे विश्वास हो?

महिल ने धीरे से राजा के कान में कुछ कह दिया।

आल्हा और ऊदल दोनों चौगान के खेल का अभ्यास कर रहे थे। लम्बे-चौड़े मैदान में हजारों आदमी इस तमाशे को देख रहे थे। गेंद किसी अभागे की तरह इधर-उधर ठोकरें खाता फिरता था। चोबदार ने आकर कहा-महाराज ने याद फरमाया है।

आल्हा को सन्देह हुआ। महाराज ने आज बेवक्त क्यों याद किया? खेल बन्द हो गया। गेंद को ठोकरों से छुट्टी मिली। फौरन दरबार मे चौबदार के साथ हाजिर हुआ और झुककर आदाब बजा लाया।

परमाल ने कहा- मैं तुमसे कुछ माँगूँ? दोगे?

आल्हा ने सादगी से जवाब दिया-फरमाइए।

परमाल-इनकार तो न करोगे?

आल्हा ने कनखियों से माहिल की तरफ देखा समझ गया कि इस वक्त कुछ न कुछ दाल में काला है। इसके चेहरे पर यह मुस्कराहट क्यों? गूलर में यह फूल क्यों लगे? क्या मेरी वफादारी का इम्तहान लिया जा रहा है? जोश से बोला-महाराज, मैं आपकी जबान से ऐसे सवाल सुनने का आदी नहीं हूँ। आप मेरे संरक्षक, मेरे

पालनहार, मेरे राजा हैं। आपकी भँवों के इशारे पर मैं आग में कूद सकता हूँ और मौत से लड़ सकता हूँ। आपकी आज्ञा पाकर में असम्भव को सम्भव बना सकता हूँ आप मुझसे ऐसे सवाल न करें।

परमाल- शाबाश, मुझे तुमसे ऐसी ही उम्मीद है।

आल्हा-मुझे क्या हुक्म मिलता है?

परमाल- तुम्हारे पास नाहर घोड़ा है?

आल्हा ने 'जी हाँ' कहकर माहिल की तरफ भयानक गुस्से भरी हुई आँखों से देखा।

परमाल- अगर तुम्हें बुरा न लगे तो उसे मेरी सवारी के लिए दे दो।

आल्हा कुछ जवाब न दे सका, सोचने लगा, मैंने अभी वादा किया है कि इनकार न करूँगा। मैंने बात हारी है। मुझे इनकार न करना चाहिए। निश्चय ही इस वक्त मेरी स्वामिभक्ति की परीक्षा ली जा रही है। मेरा इनकार इस समय बहुत बेमौका और खतरनाक है। इसका तो कुछ गम नहीं। मगर मैं इनकार किस मुँह से करूँ, बेवफा न कहलाऊँगा? मेरा और राजा का सम्बन्ध केवल स्वामी और सेवक का ही नहीं है, मैं उनकी गोद में खेला हूँ। जब मेरे हाथ कमजोर थे, और पाँव में खड़े होने का बूता न था, तब उन्होंने मेरे जुल्म सहे हैं, क्या मैं इनकार कर सकता हूँ?

विचारों की धारा मुड़ी- माना कि राजा के एहसान मुझ पर अनगिनती हैं मेरे शरीर का एक-एक रोआँ उनके एहसानों के बोझ से दबा हुआ है मगर क्षत्रिय कभी अपनी सवारी का घोड़ा दूसरे को नहीं देता। यह क्षत्रियों का धर्म नहीं। मैं राजा का पाला हुआ और एहसानमन्द हूँ। मुझे अपने शरीर पर अधिकार है। उसे मैं राजा पर न्यौछावर कर सकता हूँ। मगर राजपूती धर्म पर मेरा कोई अधिकार नहीं है, उसे मैं नहीं तोड़ सकता। जिन लोगों ने धर्म के कच्चे धागे को लोहे की दीवार समझा है, उन्हीं से राजपूतों का नाम चमक रहा है। क्या मैं हमेशा के लिए अपने ऊपर दाग लगाऊँ? आह! माहिल ने इस वक्त मुझे खूब जकड़ रखा है। सामने खूंखार शेर है; पीछे गहरी खाई। या तो अपमान उठाऊँ या कृतघ्न कहलाऊँ। या तो राजपूतों के नाम को डुबोऊँ या बर्बाद हो जाँऊ। खैर, जो ईश्वर की मर्जी, मुझे कृतघ्न कहलाना स्वीकार है, मगर अपमानित होना स्वीकार नहीं। बर्बाद हो जाना मंजूर है, मगर राजपूतों के धर्म में बट्टा लगाना मंजूर नहीं।

आल्हा सर नीचा किये इन्हीं खयालों में गोते खा रहा था। यह उसके लिए परीक्षा की घड़ी थी जिसमें सफल हो जाने पर उसका भविष्य निर्भर था।

मगर माहिला के लिए यह मौका उसके धीरज की कम परीक्षा लेने वाला न था। वह दिन अब आ गया जिसके इन्तजार में कभी आँखें नहीं थकीं। खुशियों की यह बाढ़ अब संयम की लोहे की दीवार को काटती जाती थी। सिद्ध योगी पर दुर्बल

मनुष्य की विजय होती जाती थी। एकाएक परमाल ने आल्हा से बुलन्द आवाज में पूछा- किस दनिधा में हो? क्या नहीं देना चाहते?

आल्हा ने राजा से आंखें मिलाकर कहा-जी नहीं।

परमाल को तैश आ गया, कड़ककर बोला-क्यों?

आल्हा ने अविचल मन से उत्तर दिया-यह राजपूतों का धर्म नहीं है।

परमाल-क्या मेरे एहसानों का यही बदला है? तुम जानते हो, पहले तुम क्या थे और अब क्या हो?

आल्हा-जी हाँ, जानता हूँ।

परमाल- तुम्हें मैंने बनाया है और मैं ही बिगाड़ सकता हूँ।

आल्हा से अब सब्र न हो सका, उसकी आँखें लाल हो गयीं और त्योरियों पर बल पड़ गये। तेज लहजे में बोला- महाराज, आपने मेरे ऊपर जो एहसान किए, उनका मैं हमेशा कृतज्ञ रहूँगा। क्षत्रिय कभी एहसान नहीं भूलता। मगर आपने मेरे ऊपर एहसान किए हैं, तो मैंने भी जो तोड़कर आपकी सेवा की है। सिर्फ नौकरी और नामक का हक अदा करने का भाव मुझमें वह निष्ठा और गर्मी नहीं पैदा कर सकता जिसका मैं बार-बार परिचय दे चुका हूँ। मगर खैर, अब मुझे विश्वास हो गया कि इस दरबार में मेरा गुजर न होगा। मेरा आखिरी सलाम कबूल हो और अपनी नादानी से मैंने जो कुछ भूल की है वह माफ की जाए।

माहिल की ओर देखकर उसने कहा- मामा जी, आज से मेरे और आपके बीच खून का रिश्ता टूटता है। आप मेरे खून के प्यासे हैं तो मैं भी आपकी जान का दुश्मन हूँ।

आल्हा की माँ का नाम देवल देवी था। उसकी गिनती उन हौसले वाली उच्च विचार स्त्रियों में है जिन्होंने हिन्दोस्तान के पिछले कारनामों को इतना स्पृहणीय बना दिया है। उस अंधेरे युग में भी जबकि आपसी फूट और बैर की एक भयानक बाढ़ मुल्क में आ पहुँची थी, हिन्दोस्तान में ऐसी ऐसी देवियाँ पैदा हुई जो इतिहास के अंधेरे से अंधेरे पन्नों को भी ज्योतित कर सकती हैं। देवल देवी से सुना कि आल्हा ने अपनी आन को रखने के लिए क्या किया तो उसकी आखों भर आए। उसने दोनों भाइयों को गले लगाकर कहा- बेटा ,तुमने वही किया जो राजपूतों का धर्म था। मैं बड़ी भाग्यशालिनी हूँ कि तुम जैसे दो बात की लाज रखने वाले बेटे पाये हैं ।

उसी रोज दोनों भाइयों महोबा से कूच कर दिया अपने साथ अपनी तलवार और

घोड़ो के सिवा और कुछ न लिया। माल –असबाब सब वहीं छोड़ दिये सिपाही की दौलत और इज्जत सबक कुछ उसकी तलवार है। जिसके पास वीरता की सम्पति है उसे दूसरी किसी सम्पति की जरुरत नहीं।

बरसात के दिन थे, नदी नाले उमड़े हुए थे। इन्द्र की उदारताओं से मालामाल होकर जमीन फूली नहीं समाती थी । पेड़ो पर मोरों की रसीली झनकारे सुनाई देती थीं और खेतों में निश्चिन्तता की शराब से मतवाल किसान मल्हार की तानें अलाप रहे थे । पहाड़ियों की घनी हरियावल पानी की दर्पन –जैसी सतह और जगंली बेल बूटों के बनाव संवार से प्रकृति पर एक यौवन बरस रहा था। मैदानों की ठंडी-ठडीं मस्त हवा जंगली फूलों की मीठी मीठी, सुहानी, आत्मा को उल्लास देनेवाली महक और खेतों की लहराती हुई रंग बिरंगी उपज ने दिलो में आरजुओं का एक तूफान उठा दिया था। ऐसे मुबारक मौसम में आल्हा ने महोबा को आखिरी सलाम किया । दोनों भाइयो की आँखे रोते रोते लाल हो गयी थीं क्योंकि आज उनसे उनका देश छूट रहा था । इन्हीं गलियों में उन्होंने घुटने के बल चलना सीखा था, इन्ही तालाबों में कागज की नावें चलाई थीं, यही जवानी की बेफिक्रियों के मजे लूटे थे। इनसे अब हमेशा के लिए नाता टूटता था। दोनो भाई आगे बढते जाते थे , मगर बहुत धीरे-धीरे । यह खयाल था कि शायद परमाल ने रुठनेवालों को मनाने के लिए अपना कोई भरोसे का आदमी भेजा होगा। घोड़ो को सम्हाले हुए थे, मगर जब महोबे की पहाड़ियो का आखिरी निशान ऑखों से ओझल हो गया तो उम्मीद की आखिरी झलक भी गायब हो गयी। उन्होनें जिनका कोई देश नथा एक ठंडी सांस ली और घोडे बढा दिये। उनके निर्वासन का समाचार बहुत जल्द चारों तरफ फैल गया। उनके लिए हर दरबार में जगह थीं, चारों तरफ से राजाओ के सदेश आने लगे। कन्नौज के राजा जयचन्द ने अपने राजकुमार को उनसे मिलने के लिए भेजा। संदेशों से जो काम न निकला वह इस मुलाकात ने पूरा कर दिया। राजकुमार की खातिदारियाँ और आवभगत दोनों भाइयों को कन्नौज खींच ले नई। जयचन्द आंखें बिछाये बैठा था। आल्हा को अपना सेनापति बना दिया।

आल्हा और ऊदल के चले जाने के बाद महोबे में तरह-तरह के अंधेर शुरु हुए। परमाल कमजी शासक था। मातहत राजाओं ने बगावत का झण्डा बुलन्द किया। ऐसी कोई ताकत न रही जो उन झगड़ालू लोगों को वश में रख सके। दिल्ली के राज

पृथ्वीराज की कुछ सेना सिमता से एक सफल लड़ाई लड़कर वापस आ रही थी। महोबे में पड़ाव किया। अक्खड़ सिपाहियों में तलवार चलते कितनी देर लगती है। चाहे राजा परमाल के मुलाजियों की ज्यादती हो चाहे चौहान सिपाहियों की, तनीजा यह हुआ कि चन्देलों और चौहानों में अनबन हो गई। लड़ाई छिड़ गई। चौहान संख्या में कम थे। चंदेलों ने आतिथ्य-सत्कार के नियमों को एक किनारे रखकर चौहानों के खून से अपना कलेजा ठंडा किया और यह न समझे कि मुठ्ठी भर सिपाहियों के पीछे सारे देश पर विपत्ति आ जाएगी। बेगुनाहों को खून रंग लायेगा। पृथ्वीराज को यह दिल तोड़ने वाली खबर मिली तो उसके गुस्से की कोई हद न रही। आँधी की तरह महोबे पर चढ़ दौड़ा और सिरको, जो इलाका महोबे का एक मशहूर कस्बा था, तबाह करके महोबे की तरह बढ़ा। चन्देलों ने भी फौज खड़ी की। मगर पहले ही मुकाबिले में उनके हौसले पस्त हो गये। आल्हा-ऊदल के बगैर फौज बिन दूल्हे की बारात थी। सारी फौज तितर-बितर हो गयी। देश में तहलका मच गया। अब किसी क्षण पृथ्वीराज महोबे में आ पहुँचेगा, इस डर से लोगों के हाथ-पाँव फूल गये। परमाल अपने किये पर बहुत पछताया। मगर अब पछताना व्यर्थ था। कोई चारा न देखकर उसने पृथ्वीराज से एक महीने की सन्धि की प्रार्थना की। चौहान राजा युद्ध के नियमों को कभी हाथ से न जाने देता था। उसकी वीरता उसे कमजोर, बेखबर और नामुस्तैद दुश्मन पर वार करने की इजाजत न देती थी। इस मामले में अगर वह इन नियमों को इतनी सख्ती से पाबन्द न होता तो शहाबुद्दीन के हाथों उसे वह बुरा दिन न देखना पड़ता। उसकी बहादुरी ही उसकी जान की गाहक हुई। उसने परमाल का पैगाम मंजूर कर लिया। चन्देलों की जान में जान आई।

अब सलाह-मशविरा होने लगा कि पृथ्वीराज से क्योंकर मुकाबिला किया जाये। रानी मलिनहा भी इस मशविरे में शरीक थीं। किसी ने कहा, महोबे के चारों तरफ एक ऊँची दीवार बनायी जाय ; कोई बोला, हम लोग महोबे को वीरान करके दक्खिन को ओर चलें। परमाल जबान से तो कुछ न कहता था, मगर समर्पण के सिवा उसे और कोई चारा न दिखाई पड़ता था। तब रानी मलिनहा खड़ी होकर बोली :

'चन्देल वंश के राजपूतो, तुम कैसी बच्चों की-सी बातें करते हो? क्या दीवार खड़ी करके तुम दुश्मन को रोक लोगे? झाड़ू से कहीं आँधी रुकती है ! तुम महोबे को वीरान करके भागने की सलाह देते हो। ऐसी कायरों जैसी सलाह औरतें दिया करती हैं। तुम्हारी सारी बहादुरी और जान पर खेलना अब कहाँ गया? अभी बहुत दिन नहीं गुजरे कि चन्देलों के नाम से राजे थर्राते थे। चन्देलों की धाक बंधी हुई थी, तुमने

कुछ ही सालों में सैंकड़ों मैदान जीते, तुम्हें कभी हार नहीं हुई। तुम्हारी तलवार की दमक कभी मन्द नहीं हुई। तुम अब भी वही हो, मगर तुममें अब वह पुरुषार्थ नहीं है। वह पुरुषार्थ बनाफल वंश के साथ महोबे से उठ गया। देवल देवी के रुठने से चण्डिका देवी भी हमसे रुठ गई। अब अगर कोई यह हारी हुई बाजी सम्हाल सकता है तो वह आल्हा है। वही दोनों भाई इस नाजुक वक्त में तुम्हें बचा सकते हैं। उन्हीं को मनाओ, उन्हीं को समझाओं, उन पर महोते के बहुत हक हैं। महोबे की मिट्टी और पानी से उनकी परवरिश हुई है। वह महोबे के हक कभी भूल नहीं सकते, उन्हें ईश्वर ने बल और विद्या दी है, वही इस समय विजय का बीड़ा उठा सकते हैं।'

रानी मलिनहा की बातें लोगों के दिलों में बैठ गयीं।

जगना भाट आल्हा और ऊदल को कन्नौज से लाने के लिए रवाना हुआ। यह दोनों भाई राजकुँवर लाखन के साथ शिकार खेलने जा रहे थे कि जगना ने पहुँचकर प्रणाम किया। उसके चेहरे से परेशानी और झिझक बरस रही थी। आल्हा ने घबराकर पूछा—कवीश्वर, यहाँ कैसे भूल पड़े? महोबे में तो खैरियत है? हम गरीबों को क्योंकर याद किया?

जगना की ऑखों में ऑसू भर जाए, बोला—अगर खैरियत होती तो तुम्हारी शरण में क्यों आता। मुसीबत पड़ने पर ही देवताओं की याद आती है। महोबे पर इस वक्त इन्द्र का कोप छाया हुआ है। पृथ्वीराज चौहान महोबे को घेरे पड़ा है। नरसिंह और वीरसिंह तलवारों की भेंट हो चुके है। सिरकों सारा राख को ढेर हो गया। चन्देलों का राज वीरान हुआ जाता है। सारे देश में कुहराम मचा हुआ है। बड़ी मुश्किलों से एक महीने की मौहलत ली गई है और मुझे राजा परमाल ने तुम्हारे पास भेजा है। इस मुसीबत के वक्त हमारा कोई मददगार नहीं है, कोई ऐसा नहीं है जो हमारी किम्मत बँधाये। जब से तुमने महोबे से नहीं है, कोई ऐसा नहीं है जो हमारी हिम्मत बँधाये। जब से तुमने महोबे से नाता तोड़ा है तब से राजा परमाल के होंठों पर हँसी नहीं आई। जिस परमाल को उदास देखकर तुम बेचैन हो जाते थे उसी परमाल की ऑखें महीनों से नींद को तरसती हैं। रानी महिलना, जिसकी गोद में तुम खेले हो, रात-दिन तुम्हारी याद में रोती रहती है। वह अपने झरोखें से कन्नैज की तरफ ऑखें लगाये तुम्हारी राह देखा करती है। ऐ बनाफल वंश के सपूतो ! चन्देलों की नाव अब डूब रही है। चन्देलों का नाम अब मिटा जाता है। अब मौका है कि तुम तलवारे हाथ

में लो। अगर इस मौके पर तुमने डूबती हुई नाव को न सम्हाला तो तुम्हें हमेशा के लिए पछताना पड़ेगा क्योंकि इस नाम के साथ तुम्हारा और तुम्हारे नामी बाप का नाम भी डूब जाएगा।

आल्हा ने रुखेपन से जवाब दिया—हमें इसकी अब कुछ परवाह नहीं है। हमारा और हमारे बाप का नाम तो उसी दिन डूब गया, जब हम बेकसूर महोबे से निकाल दिए गए। महोबा मिट्टी में मिल जाय, चन्देलों को चिराग गुल हो जाय, अब हमें जरा भी परवाह नहीं है। क्या हमारी सेवाओं का यही पुरस्कार था जो हमको दिया गया? हमारे बाप ने महोबे पर अपने प्राण न्यौछावर कर दिये, हमने गोड़ों को हराया और चन्देलों को देवगढ़ का मालिक बना दिया। हमने यादवों से लोहा लिया और कठियार के मैदान में चन्देलों का झंडा गाड़ दिया। मैंने इन्ही हाथों से कछवाहों की बढ़ती हुई लहर को रोका। गया का मैदान हमीं ने जीता, रीवाँ का घमण्ड हमीं ने तोड़ा। मैंने ही मेवात से खिराज लिया। हमने यह सब कुछ किया और इसका हमको यह पुरस्कार दिया गया है? मेरे बाप ने दस राजाओं को गुलामी का तौक पहनाया। मैंने परमाल की सेवा में सात बार प्राणलेवा जख्म खाए, तीन बार मौत के मुँह से निकल आया। मैने चालीस लड़ाइयाँ लड़ी और कभी हारकर न आया। ऊदल ने सात खूनी मार्के जीते। हमने चन्देलों की बहादुरी का डंका बजा दिया। चन्देलों का नाम हमने आसमान तक पहुँचा दिया और इसके यह पुरस्कार हमको मिला है? परमाल अब क्यों उसी दगाबाज माहिल को अपनी मदद के लिए नहीं बुलाते जिसकों खुश करने के लिए मेरा देश निकाला हुआ था !

जगना ने जवाब दिया—आल्हा ! यह राजपूतों की बातें नहीं हैं। तुम्हारे बाप ने जिस राज पर प्राण न्यौछावर कर दिये वही राज अब दुश्मन के पांव तले रौंदा जा रहा है। उसी बाप के बेटे होकर भी क्या तुम्हारे खून में जोश नहीं आता? वह राजपूत जो अपने मुसीबत में पड़े हुए राजा को छोड़ता है, उसके लिए नरक की आग के सिवा और कोई जगह नहीं है। तुम्हारी मातृभूमि पर बर्बादी की घटा छायी हुई हैं। तुम्हारी माएँ और बहनें दुश्मनों की आबरु लूटनेवाली निगाहों को निशाना बन रही है, क्या अब भी तुम्हारे खून में जोश नहीं आता? अपने देश की यह दुर्गत देखकर भी तुम कन्नौज में चैन की नींद सो सकते हो?

देवल देवी को जगना के आने की खबर हुई। असने फौरन आल्हा को बुलाकर कहा—बेटा, पिछली बातें भूल जाओं और आज ही महोबे चलने की तैयारी करो।

आल्हा कुछ जबाव न दे सका, मगर ऊदल झुँझलाकर बोला—हम अब महोबे नहीं जा सकते। क्या तुम वह दिन भूल गये जब हम कुत्तों की तरह महोबे से निकाल दिए गए? महोबा डूबे या रहे, हमारा जी उससे भर गया, अब उसको देखने की इच्छा

नहीं हे। अब कन्नौज ही हमारी मातृभूमि है।

राजपूतनी बेटे की जबान से यह पाप की बात न सुन सकी, तैश में आकर बोली—ऊदल, तुझे ऐसी बातें मुंह से निकालते हुए शर्म नहीं आती ? काश, ईश्वर मुझे बाँझ ही रखता कि ऐसे बेटों की माँ न बनती। क्या इन्हीं बनाफल वंश के नाम पर कलंक लगानेवालों के लिए मैंने गर्भ की पीड़ा सही थी? नालायको, मेरे सामने से दूर हो जाओं। मुझे अपना मुँह न दिखाओं। तुम जसराज के बेटे नहीं हो, तुम जिसकी रान से पैदा हुए हो वह जसराज नहीं हो सकता।

यह मर्मान्तक चोट थी। शर्म से दोनों भाइयों के माथे पर पसीना आ गया। दोनों उठ खड़े हुए और बोले- माता, अब बस करो, हम ज्यादा नहीं सुन सकते, हम आज ही महोबे जायेंगे और राजा परमाल की खिदमत में अपना खून बहायेंगे। हम रणक्षेत्र में अपनी तलवारों की चमक से अपने बाप का नाम रोशन करेंगे। हम चौहान के मुकाबिले में अपनी बहादुरी के जौहर दिखायेंगे और देवल देवी के बेटों का नाम अमर कर देंगे।

दोनों भाई कन्नौज से चले, देवल भी साथ थी। जब वह रुठनेवाले अपनी मातृभूमि में पहुँचे तो सूखें धानों में पानी पड़ गया, टूटी हुई हिम्मतें बंध गयीं। एक लाख चन्देल इन वीरों की अगवानी करने के लिए खड़े थे। बहुत दिनों के बाद वह अपनी मातृभूमि से बिछुड़े हुए इन दोनों भाइयों से मिले। आँखों ने खुशी के आँसू बहाए। राजा परमाल उनके आने की खबर पाते ही कीरत सागर तक पैदल आया। आल्हा और ऊदल दौड़कर उसके पांव से लिपट गए। तीनों की आंखों से पानी बरसा और सारा मनमुटाव धुल गया।

दुश्मन सर पर खड़ा था, ज्यादा आतिथ्य-सत्कार का मौकर न था, वहीं कीरत सागर के किनारे देश के नेताओं और दरबार के कर्मचारियों की राय से आल्हा फौज का सेनापति बनाया गया। वहीं मरने-मारने के लिए सौगन्धें खाई गई। वहीं बहादुरों ने कसमें खाई कि मैदान से हटेंगे तो मरकर हटेंगें। वहीं लोग एक दूसरे के गले मिले और अपनी किस्मतों को फैसला करने चले। आज किसी की आँखों में और चेहरे पर उदासी के चिन्ह न थे, औरतें हँस-हँस कर अपने प्यारों को विदा करती थीं, मर्द हँस-हँसकर स्त्रियों से अलग होते थे क्योंकि यह आखिरी बाजी है, इसे जीतना जिन्दगी और हारना मौत है।

उस जगह के पास जहाँ अब और कोई कस्बा आबाद है, दोनों फौजों को मुकाबला हुआ और अठारह दिन तक मारकाट का बाजार गर्म रहा। खूब घमासान लड़ाई हुई। पृथ्वीराज खुद लड़ाई में शरीक था। दोनों दल दिल खोलकर लड़े। वीरों ने खूब अरमान निकाले और दोनों तरफ की फौजें वहीं कट मरीं। तीन लाख आदमियों में सिर्फ तीन आदमी जिन्दा बचे-एक पृथ्वीराज, दूसरा चन्दा भाट तीसरा आल्हा। ऐसी भयानक अटल और निर्णायक लड़ाई शायद ही किसी देश और किसी युग में हुई हो। दोनों ही हारे और दोनों ही जीते। चन्देल और चौहान हमेशा के लिए खाक में मिल गए क्योंकि थानेसर की लड़ाई का फैसला भी इसी मैदान में हो गया। चौहानों में जितने अनुभवी सिपाही थे, वह सब औरई में काम आए। शहाबुद्दीन से मुकाबिला पड़ा तो नौसिखिये, अनुभवहीन सिपाही मैदान में लाये गये और नतीजा वही हुआ जो हो सकता था। आल्हा का कुद पता न चला कि कहाँ गया। कहीं शर्म से डूब मरा या साधू हो गया।

जनता में अब तक यही विश्वास है कि वह जिन्दा है। लोग कहते हैं कि वह अमर हो गया। यह बिल्कुल ठीक है क्योंकि आल्हा सचमुच अमर है अमर है और वह कभी मिट नहीं सकता, उसका नाम हमेशा कायम रहेगा।

# 13

# इज्ज़त का ख़ून

मैंने कहानियों और इतिहासो मे तकदीर के उलट फेर की अजीबो- गरीब दास्ताने पढी हैं । शाह को भिखमंगा और भिखमंगें को शाह बनते देखा है तकदीर एक छिपा हुआ भेद हैं । गालियों में टुकड़े चुनती हुई औरते सोने के सिंहासन पर बैठ गई और वह ऐश्वर्य के मतवाले जिनके इशारे पर तकदीर भी सिर झुकाती थी ,आन की शान में चील कौओं का शिकार बन गये है।पर मेरे सर पर जो कुछ बीती उसकी नजीर कहीं नहीं मिलती आह उन घटानाओं को आज याद करतीहूं तो रोगटे खड़े हो जाते है ।और हैरत होती है । कि अब तक मै क्यो और क्योंकर जिन्दा हूँ । सौन्दर्य लालसाओं का स्त्रोत हैं । मेरे दिल में क्या लालसाएं न थीं पर आह ,निष्ठूर भाग्य के हाथों में मिटीं । मै क्या जानती थी कि वह आदमी जो मेरी एक-एक अदा पर कुर्बान होता था एक दिन मुझे इस तरह जलील और बर्बाद करेगा ।

आज तीन साल हुए जब मैने इस घर में कदम रक्खा उस वक्त यह एक हरा भरा चमन था ।मै इस चमन की बुलबूल थी , हवा में उड़ती थीख् डालियों पर चहकती थी , फूलों पर सोती थी । सईद मेरा था। मै सईद की थी । इस संगमरमर के हौज के किनारे हम मुहब्बत के पासे खेलते थे । - तुम मेरी जान हो। मै उनसे कहती थी –तुम मेरे दिलदार हो । हमारी जायदाद लम्बी चौड़ी थी। जमाने की कोई फ्रिक,जिन्दगी का कोई गम न था । हमारे लिए जिन्दगी सशरीर आनन्द एक अनन्त चाह और बहार का तिलिस्म थी, जिसमें मुरादे खिलती थी । और ाखुशियॉ हंसती थी जमाना हमारी इच्छाओं पर चलने वाला था। आसमान हमारी भलाई चाहता था। और तकदीर हमारी साथी थी।

एक दिन सईद ने आकर कहा- मेरी जान , मै तुमसे एक विनती करने आया हूँ । देखना इन मुस्कराते हुए होठों पर इनकार का हर्फ न आये । मै चाहता हूँ कि अपनी

सारी मिलकियत, सारी जायदाद तुम्हारे नाम चढ़वा दूँ मेरे लिए तुम्हारी मुहब्बत काफी है। यही मेरे लिए सबसे बड़ी नेमत है मै अपनी हकीकत को मिटा देना चाहता हूँ । चाहता हूँ कि तुम्हारे दरवाजे का फकीर बन करके रहूँ । तुम मेरी नूरजहॉ बन जाओं ;

मैं तुम्हारा सलीम बनूंगा , और तुम्हारी मूंगे जैसी हथेली के प्यालों पर उम्र बसर करुंगा।

मेरी आंखें भर आयी। खुशियां चोटी पर पहुँचकर आंसु की बूंद बन गयीं।

पर अभी पूरा साल भी न गुजरा था कि मुझे सईद के मिजाज में कुछ तबदीली नजर आने लगी । हमारे दरमियान कोई लड़ाई-झगड़ा या बदमजगी न हुई थी मगर अब वह सईद न था। जिसे एक लमहे के लिए भी मेरी जुदाई दूभर थी वह अब रात की रात गयाब रहता ।उसकी आंखो में प्रेम की वह उंमग न थी न अन्दाजों में वह प्यास ,न मिजाज में वह गर्मी।

कुछ दिनों तक इस रुखेपन ने मुझे खूब रुलाया। मुहब्बत के मजे याद आ आकर तड़पा देते । मैने पढा थाकि प्रेम अमर होता है ।क्या, वह स्त्रोत इतनी जल्दी सूख गया? आह, नहीं वह अब किसी दूसरे चमन को शादाब करता था। आखिर मै भी सईद से आंखे चूराने लगी । बेदिली से नहीं, सिर्फ इसलिए कि अब मुझे उससे आंखे मिलाने की ताव न थी।उस देखते ही महुब्बत के हजारों करिश्मे नजरो केसामने आ जाते और आंखे भर आती । मेरा दिल अब भी उसकी तरफ खिचंता था कभी – कभी बेअख्तियार जी चाहता कि उसके पैरों पर गिरुं और कहूं –मेरे दिलदार , यह बेरहमी क्यो ? क्या तुमने मुझसे मुहं फेर लिया है । मुझसे क्या खता हुई ? लेकिन इस स्वाभिमान का बुरा हो जो दीवार बनकर रास्ते में खड़ा हो जाता ।

यहां तक कि धीर-धीरे दिल में भी मुहब्बत की जगह हसद ने ले ली। निराशा के धैर्य ने दिल को तसकीन दी । मेरे लिए सईद अब बीते हुए बसन्त का एक भूला हुआ गीत था। दिल की गर्मी ठण्डी हो गयी । प्रेम का दीपक बुझ गया। यही नही, उसकी इज्जत भी मेरे दिल से रुखसत हो गयी। जिस आदमी के प्रेम के पवित्र मन्दिर मे मैल भरा हुंआ होवह हरगिज इस योग्य नही कि मै उसके लिए घुलूं और मरुं ।

एक रोज शाम के वक्त मैं अपने कमरे में पंलग पर पड़ी एक किस्सा पढ़ रही थी , तभी अचानक एक सुन्दर स्त्री मेरे कमरे मे आयी। ऐसा मालूम हूआ कि जैसे

कमरा जगमगा उठा ।रुप की ज्योति ने दरो दीवार को रोशान कर दिया। गोया अभी सफेदी हुईहैं उसकी अलंकृत शोभा, उसका खिला हुआ फूला जैसा लुभावना चेहरा उसकी नशीली मिठास, किसी तारीफ करुं मुझ पर एक रोब सा छा गया । मेरा रुप का घमंड धूल में मिल गया है। मै आश्चर्य में थी कि यह कौन रमणी है और यहां क्योंकर आयी। बेअख्तियार उठी कि उससे मिलूं और पूछूं कि सईद भी मुस्कराता हुआ कमरे में आया मैं समझ गयी कि यह रमणी उसकी प्रेमिका है। मेरा गर्व जाग उठा । मैं उठी जरुर पर शान से गर्दन उठाए हुए आंखों में हुस्न के रौब की जगह घृणा का भाव आ बैठा । मेरी आंखों में अब वह रमणी रुप की देवी नहीं डसने वाली नागिन थी।मै फिर चारपाई पर बैठगई और किताब खोलकर सामने रख ली- वह रमणी एक क्षण तक खड़ी मेरी तस्वीरों को देखती रही तब कमरे से निकली चलते वक्त उसने एक बार मेरी तरफ देखा उसकी आंखों से अंगारे निकल रहे थे । जिनकी किरणों में हिंसप्रतिशोध की लाली झलक रही थी । मेरे दिल में सवाल पैदा हुंआ- सईद इसे यहां क्यों लाया? क्या मेरा घमण्ड तोड़ने के लिए?

जायदाद पर मेरा नाम था पर वह केवल एक,भ्रम था, उस परअधिकार पूरी तरह सईद का था । नौकर भी उसीको अपना मालिक समझते थें और अक्सर मेरे साथ ढिठाई से पेश आते । मैं सब्र केसाथ् जिन्दगी केदिन काट रही थी । जब दिल में उमंगे न रहीं तो पीड़ा क्यों होती ?

सावन का महीना था , काली घटा छायी हुई थी , और रिसझिम बूंदें पड़ रही थी । बगीचे पर हसद का अंधेरा और सिहास **दराख्तों** पर जुंगनुओ की चमक ऐसी मालूम होती थी । जैसे कि उनके मुंह से चिनगारियाँ जैसी आहें निकल रही हैं । मै देर तक हसद का यह तमाशा देखती रही । कीड़े एक साथ् चमकते थे और एक साथ् बुझ जाते थे, गोया रोशानी की बाढेंछूट रही है। मुझे भी झूला झूलने और गाने का शौक हुआ। मौसम की हालतें हसंद के मारे हुए दिलों परभरी अपना जादु कर जाती है । बगीचे में एक गोल बंगला था। मै उसमें आयी और बरागदे की एक कड़ी में झूला डलवाकर झूलने लगी । मुझे आज मालूम हुआकि निराशा में भी एक आध्यात्मिक आनन्द होता है जिसकी हाल उसको नही मालूम जिसकी इच्छाई पूर्ण है । मैं चाव से मल्हार गान लगी सावन विरह और शोक का महीना है । गीत में एक वियोगी । हृदय की गाथा की कथा ऐसे दर्द भरे शब्दों बयान की गयी थी

कि बरबस आंखों से आंसू टपकने लगे । इतने में बाहर से एक लालटेन की रोशनी नजर आयी। सईद दोनो चले आ रहेथे । हसीना ने मेरे पास आकर कहा-आज यहां नाच रंग की महफिल सजेगी और शराब के दौर चलेगें।

मैने घृणा से कहा – मुबारक हो ।

हसीना - बारहमासे और मल्हार कीताने उड़ेगी साजिन्दे आ रहे है ।

मैं – शौक से ।

हसीना - तुम्हारा सीना हसद से चाक हो जाएगा ।

सईद ने मुझेसे कहा- जुबैदा तुम अपने कमरे में चली रही जाओ यह इस वक्त आपे में नहीं है।

हसीना - ने मेरी तरफ लाल –लाल आखों निकालकर कहा-मैंतुम्हें अपने पैरों कीधूल के बराबर भी नही समझती ।

मुझे फिर जब्त न रहा । अगड़कर बोली –और मै क्या समझाती हूं एक कुतिय, दुसरों की उगली हुई हडिडयो चिचोड़ती फिरती है ।

अब सईद के भी तेवर बदले मेरी तरफ भयानक आंखो सेदेखकर बोले- जुबैदा , तुम्हारे सर पर शैतान तो नही संवार है?

सईद का यह जुमला मेरे जिगर में चुभ गया, तपड़ उठी, जिन होठों से हमेशा मुहब्बत और प्यार कीबाते सुनी हो उन्ही से यह जहर निकले और बिल्कुल बेकसूर ! क्या मै ऐसी नाचीज और हकीर हो गयी हूँ कि एक बाजारु औरत भी मुझे छेड़कर गालियां दे सकती है। और मेरा जबान खोलना मना! मेरे दिल मैंसाल भर से जो बुखार हो रहाथा, वह उछल पड़ा ।मै झूले से उतर पड़ी और सईद की तरफ शिकायता-भरी निगाहों से देखकर बोली – शैतान मेरे सर पर सवार हो या तुम्हारे सर पर, इसका फैसला तुम खुद कर सकते हों । सईद , मै तुमको अब तक शरीफ और गैरतवाला समझतीथी, तुम खुद कर सकते हो । बेवफाई की, इसका मलाला मुझे जरुर था , मगर मैने सपनों में भी यह न सोचा था कि तुम गैरत से इतने खाली हो कि हया-फरोश औरत के पीछे मुझे इस तरह जलीज करोगें । इसका बदला तुम्हें खुदा से मिलेगा।

हसीना ने तेज होकर कहा- तू मुझे हया फरोश कहतीहै ?

मैं- बेशक कहतीहूँ।

सईद –और मै बेगैरत हूँ . ?

मैं – बेशक ! बेगैरत ही नहीं शोबदेबाज , मक्कार पापी सब कुछ ।यह अल्फाज बहुत घिनावने है लेकिन मेरे गुस्से के इजहार के लिए काफी नहीं ।

मै यह बातें कह रही थी कि यकायक सईद केलम्बे तगडे , हटटे कटटे नौकर ने मेरी

दोनो बाहें पकड़ ली और पलक मारते भर में हसीना ने झूले की रस्सियां उतार कर मुझे बरामदे के एकलोहे केखम्भे सेबाध दिया।

इस वक्त मेरे दिल में क्या ख्याल आ रहे थे । यह याद नहीं पर मेरी आंखो के सामने अंधेरा छा गया था । ऐसा मालूम होताथा कि यह तीनो इंसान नहीं यमदूतहै गूस्से की जगहदिल में डर समा गयाथा । इस वक्त अगर कोई रौबी ताकत मेरे बन्धनों को काट देती , मेरे हाथों में आबदार खंजर देदेती तो भी तो जमीन पर बैठकर अपनी जिल्लत और बेकसी पर आंसु बहाने केसिवा और कुछ न कर सकती। मुझे ख्याल आताथाकि शायद खुदा की तरफ से मुझ परयह कहर नाजिल हुआ है। शायद मेरी बेनमाजी और बेदीनी की यह सजा मिल रहा है। मैं अपनी पिछली जिन्दगी पर निगाह डाल रही थी कि मुझसे कौन सी गलती हुई हौ जिसकी यह सजा है। मुझे इस हालत में छोड़कर तीनो सूरते कमरे मेंचली गयीं । मैने समझा मेरी सजा खत्म हुई लेकिन क्या यह सब मुझे यो ही बधां रक्खेगे ? लौडियां मुझे इस हालत में देख ले तो क्या कहें? नहीं अब मैइस घर में रहने के काबिल ही नही ।मै सोच रही थी कि रस्सियां क्योकर खालूं मगर अफसोस मुझे न मालूम थाकि अभी तक जो मेरी गति हुई है वह आने वाली बेरहमियो का सिर्फ बयाना है । मैअब तक न जानती थीकि वह छोटा आदमी कितना बेरहम , कितना कातिल है मै अपने दिल से बहस कररही थी कि अपनी इस जिल्लत मुझ पर कहां तक है अगर मैं हसीना की उन दिल जलाने वाली बातों को जबाव न देती तो क्या यह नौबत ,न आती ? आती और जरुर आती। वहा काली नागिन मुझे डसने का इरादा करके चली ,थी इसलिए उसने ऐसे दिलदुखाने वाले लहजे में ही बात शुरु की थी । मै गुस्से मे आकर उसको लान तान करूँ और उसे मुझें जलील करने का बहाना मिल जाय।

पानी जोरसे बरसने लगा, बौछारो से मेरा सारा शरीर तर हो गया था। सामने गहरा अंधेरा था। मैं कान लगाये सुन रही थी कि अन्दर क्या मिसकौट हो रही है मगर मेह की सनसनाहट के कारण आवाजे साफ न सुनायी देती थी । इतने लालटेन फिर से बरामदे मेआयी और तीनो उरावनी सूरते फिर सामने आकर खड़ी हो गयी । अब की उस खून परी के हाथो में एक पतली सी कमची थी उसके तेवर देखकर मेरा खून सर्द हो गया । उसकी आंखो मे एक खून पीने वाली वहशत एक कातिल पागलपन दिखाई दे रहा था। मेरी तरफ शरारत –भरी नजरो सेदेखकर बोली बेगम साहबा ,मै तुम्हारी बदजबानियो का ऐसा सबक देना चाहती हूं । जो तुम्हें सारी उम्र याद रहे । और मेरे गुरु ने बतलाया है कि कमची सेज्यादा देर तक ठहरने वाला और कोई सबक नहीं होता ।

यह कहकर उस जालिम ने मेरी पीठ पर एक कमची जोर से मारी। मै तिलमिया

गयी मालूम हुआ । कि किसी ने पीठ परआग की चिरगारी रख दी । मुझेसे जब्त न हो सका माँ बाप ने कभी फूल की छड़ी से भीन मारा था। जोर से चीखे मार मारकर रोने लगी । स्वाभिमान , लज्जा सब लुप्त हो गयी ।कमची की डरावनी और रौशन असलियत के सामने और भावनाएं गायब हो गयीं । उन हिन्दु देवियो क दिल शायद लोहे के होते होगे जो अपनी आन पर आग में कुद पड़ती थी । मेरे दिल पर तो इस दिल पर तो इस वक्त यही खयाल छाया हुआ था कि इस मुसीबत से क्योकर छुटकारा हो सईद तस्वीर की तरह खामोश खड़ा था। मैं उसक तरफ फरियाद कीआंखे से देखकर बड़े विनती केस्वर में बोली – सईद खुदा क लिए मुझे इस जालिम सेबचाओ ,मै तुम्हारे पैरो पडती हूँ ख्, तुम मुझे जहर दे दो, खंजर से गर्दन काट लो लेकिन यह मुसीबत सहने की मुझमें ताब नहीं ।उन दिलजोइयों को याद करों, मेरी मुहब्बत का याद करो, उसी क सदके इस वक्त मुझे इस अजाब से बचाओ, खुदा तुम्हें इसका इनाम देगा ।

सईद इन बातो से कुछ पिंघला। हसीना की तरह डरी हुई आंखों से देखकर बोला- जरीना मेरे कहने से अब जाने दो । मेरी खातिर से इन पर रहम करो।

ज़रीना तेर बदल कर बोली- तुम्हारी ख़ातिर से सब कुछ कर सकती हूं, गालियां नहीं बर्दाश्त कर सकती।

सईद –क्या अभी तुम्हारे खयाल में गालियों की काफी सजा नहीं हुई?

जरीना- तब तो आपने मेरी इज्जत की खूब कद्र की! मैने रानियों से चिलमचियां उठवायी है, यह बेगम साहबा है किस ख्याल में? मै इसे अगर

कुछ छुरी से काटूँ तब भ्ज्ञी इसकी बदजबानियों की काफ़ी सजा न होगी।

सईद-मुझसे अब यह जुल्म नहीं देखा जाता।

ज़रीना-आंखे बन्द कर लो।

सईद- जरीना, गुस्सा न दिलाओ, मैं कहता हूँ, अब इन्हें माफ़ करो।

ज़रीना ने सईद को ऐसी हिकारत-भरी आंखों से देखा गोया वह उसका गुलाम है। खुदा जाने उस पर उसने क्या मन्तर मार दिया था कि उसमें ख़ानदानी ग़ैरत और बड़ाई ओ इन्सानियत का ज़रा भी एहसास बाकी न रहा था। वह शायद उसे गुस्से जैसे मर्दानास जज्बे के क़ाबिल ही न समझती थी। हुलिया पहचानने वाले कितनी गलती करते हैं क्योंकि दिखायी कुछ पड़ता है, अन्दर कुछ होता है ! बाहर के ऐसे सुन्दर रुप के परदे में इतनी बेरहमी, इतनी निष्ठुरता ! कोई शक नहीं, रुप हुलिया पहचानने की विद्या का दुशमन है। बोली – अच्छा तो अब आपको मुझ पर गुस्सा आने लगा ! क्यों न हो, आखिर निकाह तो आपने बेगम ही से किया है। मैं तो हया-फरोश कुतिया ही ठहरी !

सईद- तुम ताने देती हो और मुझसे यह खून नहीं देखा जाता।

ज़रीना – तो यह क़मची हाथ में लो, और इसे गिनकर सौ लगाओ। गुस्सा उतर जाएगा, इसका यही इलाज है।

ज़रीना – फिर वही मजाक़।

ज़रीना- नहीं, मैं मज़ाक नहीं करती।

सईद ने क़मची लेने को हाथ बढ़ाया मगर मालूम नहीं जरीना को कया शुबहा पैदा हुआ, उसने समझा शायद वह क़ मची को तोड़ कर फेंक देंगे। कमची हटा ली और बोली- अच्छा मुझसे यह दगा ! तो लो अब मैं ही हाथों की सफाई दिखाती हूँ। यह कहकर उसे बेदर्द ने मुझे बेतहाशा कमचियां मारना शुरु कीं। मैं दर्द से ऐंठ-ऐंठकर चीख रही थी। उसके पैरों पड़ती थी, मिन्नते करती थी, अपने किये पर शमिन्दा थी, दुआएं देती थी, पीर और पैगम्बर का वास्ता देती थी, पर उस क़ातिल को ज़रा भी रहम न आता था। सईद काठ के पुतले की तरह दर्दोसितम का यह नज्जारा आंखो से देख रहा था और उसको जोश न आता था। शायद मेरा बड़े-से-बड़े दुश्मन भी मेरे रोने-धोने पर तरस खातां मेरी पीठ छिलकर लहू-लुहान हो गयी, जख़्म पड़ते थे, हरेक चोट आग के शोले की तरह बदन पर लगती थी। मालूम नहीं उसने मुझे कितने दर्रे लगाये, यहां तक कि क़मची को मुझ पर रहम आ गया, वह फटकर टूट गयी। लकड़ी का कलेजा फट गया मगर इन्सान का दिल न पिघला।

मुझे इस तरह जलील और तबाह करके तीनों ख़बीस रुहें वहां से रुखसत हो गयीं। सईद के नौकर ने चलते वक्त मेरी रस्सियां खोल दीं। मैं कहां जाती ? उस घर में क्योंकर क़दम रखती ?

मेरा सारा जिस्म नासूर हो रहा था लेकिन दिल नके फफोले उससे कहीं ज्यादा जान लेवा थे। सारा दिल फफोलों से भर उठा था। अच्छी भावनाओं के लिए भी जगह बाक़ी न रही थी। उस वक्त मैं किसी अंधे को कुंए में गिरते देखती तो मुझे हंसी आती, किसी यतीम का दर्दनाक रोना सुनती तो उसका मुंह चिढ़ाती। दिल की हालत में एक ज़बर्दस्त इन् कालाब हो गया था। मुझे गुस्सा न था, गम न था, मौत की आरजू न थी, यहां तक कि बदला लेने की भावना न थी। उस इन्तहाई जिल्लत ने बदला लेने की इच्छा को भी खत्म कर दिया थरा। हालांकि मैं चाहती तो कानूनन सईद को शिकंजे में ला सकती थी , उसे दाने-दाने के लिए तरसा सकती थी लेकिन

यह बेइज़्ज़ती, यह बेआबरुई, यह पामाली बदले के खयाल के दायरे से बाहर थी। बस, सिर्फ़ एक चेतना बाकी थी और वह अपमान की चेतना थी। मैं हमेशा के लिए ज़लील हो गयी। क्या यह दाग़ किसी तरह मिट सकता था ? हरगिज नहीं। हां, वह छिपाया जा सकता था और उसकी एक ही सूरत थी कि जिल्लत के काले गड्डे में गिर पड़ूँ ताकि सारे कपड़ों की सियाही इस सियाह दाग को छिपा दे। क्या इस घर से बियाबान अच्छा नहीं जिसके पेंदे में एक बड़ा छेद हो गया हो? इस हालत में यही दलील मुझ पर छा गयी। मैंने अपनी तबाही को और भी मुकम्मल, अपनी जिल्लत को और भी गहरा, आने काले चेहरे को और ळभी काला करने का पक्का इरादा कर लिया। रात-भर मैं वहीं पड़ी कभी दर्द से कराहती और कभी इन्हीं खयालात में उलझती रही। यह घातक इरादा हर क्षण मजबूत से और भी मजबूत होता जाता था। घर में किसी ने मेरी खबर न ली। पौ फटते ही मैं बाग़ीचे से बाहर निकल आयी, मालूम नहीं मेरी लाज-शर्म कहां गायब हो गयी थी। जो शख्स समुन्दर में ग़ोते खा चुका हो उसे ताले- तलैयों का क्या डर ? मैं जो दरो-दीवार से शर्माती थी, इस वक्त शहर की गलियों में बेधड़क चली जा रही थी-चोर कहां, वहीं जहां जिल्लत की कद्र है, जहां किसी पर कोई हंसने वाला नहीं, जहां बदनामी का बाज़ार सजा हुआ है, जहां हया बिकती है और शर्म लुटती है !

इसके तीसरे दिन रुप की मंडी के एक अच्छे हिस्से में एक ऊंचे कोठे पर बैठी हुई मैं उस मण्डी की सैर कर रही थी। शाम का वक्त था, नीचे सड़क पर आदमियों की ऐसी भीड़ थी कि कंधे से कंधा छिलता था। आज सावन का मेला था, लोग साफ़-सुथरे कपड़ पहने क़तार की क़तार दरिया की तरफ़ जा रहे थे। हमारे बाज़ार की बेशकीमती जिन्स भी आज नदी के किनारे सजी हुई थी। कहीं हसीनों के झूले थे, कहीं सावन की मीत, लेकिन मुझे इस बाज़ार की सैर दरिया के किनारे से ज्यादा पुरलुत्फ मालूम होती थी, ऐसा मालूम होता है कि शहर की और सब सड़कें बन्द हो गयी हैं, सिर्फ़ यही तंग गली खुली हुई है और सब की निगाहें कोठों ही की तरफ़ लगी थीं ,गोया वह जमीन पर नहीं चल रहें हैं, हवा में उड़ना चाहते हैं। हां, पढ़े-लिखे लोगों को मैंने इतना बेधड़क नहीं पाया। वह भी घूरते थे मगर कनखियों से। अधेड़ उम्र के लोग सबसे ज्यादा बेधड़क मालूम होते थे। शायद उनकी मंशा जवानी के जोश को जाहिर करना था। बाजार क्या था एक लम्बा-चौड़ा थियेटर था, लोग हंसी-दिल्लगी करते थे, लुत्फ उठाने के लिए नहीं, हसीनों को सुनाने के लिए। मुंह दूसरी तरफ़ था, निगाह किसी दूसरी तरफ़। बस, भांडों और नक्कालों की मजलिस थी।

यकायक सईद की फिंटन नजर आयी। मैं रउस पर कई बार सैर कर चुकी थी। सईद अच्छे कपड़े पहने अकड़ा हुआ बैठा था। ऐसा सजीला, बांका जवान सारे शहर में न

था, चेहरे-मोहरे से मर्दानापन बरसता था। उसकी आंख एक बारे मेरे कोठे की तरफ़ उठी और नीचे झुक गयी। उसके चेहरे पर मुर्दनी- सी छा गयी जेसे किसी जहरीले सांप ने काट खाया हो। उसने कोचवान से कुछ कहा, दम के दम में फ़िटन हवा हो गयी। इस वक्त उसे देखकर मुझे जो द्वेषपूर्ण प्रसन्नता हुई, उसके सामने उस जानलेवा दर्द की कोई हक़ीक़त न थी। मैंने जलील होकर उसे जलील कर दिया। यक कटार कमचियों से कहीं ज्यादा तेज थी। उसकी हिम्मत न थी कि अब मुझसे आंख मिला सके। नहीं, मैंने उसे हरा दिया, उसे उम्र-भर के दिलए कैद में डाल दिया। इस कालकोठरी से अब उसका निकलना गैर-मुमकिन था क्योंकि उसे अपने खानदान के बड़प्पन का घमण्ड था।

दूसरे दिन भोर में खबर मिली कि किसी क़ातिल ने मिर्जा सईद का काम तमाम कर दिया। उसकी लाश उसीर बागीचे के गोल कमरे में मिलीं सीने में गोली लग गयी थी। नौ बजे दूसरे खबर सुनायी दी, जरीना को भी किसी ने रात के वक्त़ क़त्ल कर डाला था। उसका सर तन जुदा कर दिया गया। बाद को जांच-पड़ताल से मालूम हुआ कि यह दोनों वारदातें सईद के ही हाथों हुई। उसने पहले जरीना को उसके मकान पर क़त्ल किया और तब अपने घर आकर अपने सीने में गोली मारी। इस मर्दाना गैरतमन्दी ने सईद की मुहब्बत मेरे दिल में ताजा कर दी।

शाम के वक्त़ मैं अपने मकान पर पहुँच गयी। अभी मुझे यहां से गये हुए सिर्फ चार दिन गुजरे थे मगर ऐसा मालूम होता था कि वर्षों के बाद आयी हूँ। दरोदीवार पर हसरत छायी हुई थी। मै।ने घर में पांव रक्खा तो बरबस सईद की मुस्कराती हुई सूरत आंखों के सामने आकर खड़ी हो गयी-वही मर्दाना हुस्न, वहीं बांकपन, वहीं मनुहार की आंखे। बेअख्तियार मेरी आंखे भर आयी और दिल से एक ठण्डी आह निकल आयी। ग़म इसका न था कि सईद ने क्यों जान दे दी। नहीं, उसकी मुजरिमाना बेहिसी और रुप के पीछे भागना इन दोनों बातों को मैं मरते दम तक माफ़ न करुंगी। गम यह था कि यह पागलपन उसके सर में क्यों समाया ? इस वक्त दिल की जो कैफ़ियत है उससे मैं समझती हूँ कि कुछ दिनों में सईद की बेवफाई और बेरहमी का घाव भर जाएगा, अपनी जिल्लत की याद भी शायद मिट जाय, मगर उसकी चन्दरोजा मुहब्बत का नक्श बाकी रहेगा और अब यसही मेरी जिन्दगी का सहारा है।

9 798887 171944

Printed by Libri Plureos GmbH in Hamburg,
Germany